純情乙女の溺愛レッスン

目次

純情乙女の溺愛レッスン

プロローグ

私は昔から、恋愛物語が大好きだった。

一番最初にそれを自覚したのは、たぶん幼稚園のころ。

当時、私は母が読んでくれるお姫様と王子様の絵本に夢中だった。

『楓《かえで》は本当に、この本が好きねえ』

『うん！　だって、王子様かっこいいんだもん！』

それは悪い龍に囚われたお姫様を救うため奮闘する王子様と、彼が救いに来てくれることを信じて待ち続けたお姫様の恋愛物語。読んでもらう度《たび》、幼心《おさなごころ》にときめきを覚えたものだ。

私にもいつか王子様が……なんて、あのころは真剣に夢見ていたっけ。

そして、今も忘れられないのが小学校低学年の時に読んだ少女漫画だ。

幾多《いくた》の困難に見舞われながら絆《きずな》を深めていくヒロインとヒーローの物語で、二人は最終回でついに身も心も結ばれる。

子供向けの漫画だったから、もちろん直接的な描写はなかったものの、一番最後のページで、二人は同じベッドの中で朝を迎えていたのだ。

当時の私は、二人が一緒にベッドに入っていた意味を正確には理解していなかった。でも、真っ白い朝の光を浴びて幸せそうに寄り添い眠る二人の姿は美しく、憧れの恋愛の象徴として強く心に刻まれた。

私もいつか、こんな風に好きな人と素敵な朝を迎える日が来るのかな……って。そう考えるだけでドキドキして、とても幸せな気持ちになれた。

それからますます恋愛物語が好きになり、中学生になってからは少女向けの恋愛小説を読み漁《あさ》った。高校に入ってからは大人向けの表現がある小説や漫画、海外のロマンス小説なんかもたくさん読んだ。

どのお話もときめきに満ちていて、読んでいるだけで自分も素敵な恋愛をしているような気分になれた。読んだあとは切なさや愛おしさを感じながら、幸せな恋の余韻《よいん》に浸《ひた》る。それは、本当に楽しい時間だった。

そんな風に物語にばかり夢中になっていたから、現実の恋愛がまったく上手くいかなかったのかもしれない。

恋愛物語に憧れていた割に、私の初恋はとても遅かった。

物語のヒーローと比べると、現実の男の子は子どもっぽくて意地悪で、ちっとも惹《ひ》かれなかったのだ。

同じクラスの何々君より、あの漫画の何々君の方がずっと恰好良い！　あの小説の何々君なら、こんなデリカシーのないことを言ったりしない！

こう考えてしまって、どうしても現実の男の子を好きになれなかったのだ。

高校生くらいまでの私は、そんな風にちょっと拗《こじ》らせた女の子だった。

当時はそれなりに楽しい学生生活だったけど、さすがにこれじゃあ……と現実に目を向けるようになったのは、大学に入ってから。

周りの友達が、当たり前に彼氏を作って恋愛を謳歌《おうか》している姿に焦ったというのもある。

そして私は、友達の紹介で知り合った大学の同級生と付き合った。

彼は少し強引なところもあったものの、お洒落《しゃれ》で恰好良くて、私は生まれて初めてできた彼氏に夢中になった。初恋、だった。

これで、ついに憧れていた恋愛物語の主役になれたんだと、舞い上がっていたのだ。

喧嘩《けんか》をすることもあったけど、私達はこれからも交際を続け、ゆくゆくは結婚するものと信じていた。だって、私は彼のことが大好きで、彼も私のことを大好きだと……そう思っていたから。

だけど、現実は物語のようには上手くいかなかった。

彼はよりにもよって、私が親友だと信じていた女と浮気したのだ。

ある日、私は彼を驚かせようと思って、連絡せずに彼のアパートを訪れた。そこで、彼と親友が裸で抱き合っているのを見てしまった。

泣きながら浮気を責めた私に、彼は開き直った顔で言った。『お前が悪いんだ』と。

『誘ってもちっともヤらせてくれないし、変なとこ真面目でうるさいしさー』

誰かと付き合うなんて彼が初めてだった私は、性経験もなかった。そして、彼になかなか身体を許すことができなかった。

だって、怖かったのだ。

それに、自分が処女であると告白することも恥ずかしくて、彼に誘われてもやんわりと断ってしまっていた。

けれど、彼の言葉を聞いた私は申し訳無い気持ちになった。

そうか、拒《こば》み続けていた私が悪かったのか。

恋人が心だけでなく身体も結ばれたいと思うのは自然なことだと、さんざん恋愛物語の中で学んできたのに、私の理解が足りなかった。いつか勇気が持てたら……と先延ばしにして、彼の気持ちを無視していた私が悪かったのだ。

そう考えて項垂《うなだ》れる私に、彼はさらなる追い打ちをかけた。

『遊んでそうに見えたから、すぐヤれると思って付き合ったのに。がっかりだわ』

『え……？』

私の顔立ちは、確かに少し派手かもしれない。どちらかというと小心で内向的な性格に反して、相手に軽薄な印象を与えるのだとか。

これまでも見た目で誤解されることは多かったし、それが嫌なのだと彼に打ち明けたこともあったはずなのだが、理解してくれていなかったらしい。結局、彼が望んでいたのは見た目通りの、すぐに身体を許す軽い女であって、奥手な私は期待外れだったというわけだ。

今まで信頼と愛情を向けていた相手が裏でそんなことを思っていたという事実に、私は目の前が真っ暗になった。

さらに彼は親友に何か吹きこまれていたのか、『つかさ、どうせお前だって他の男とデキてんだろ。神崎《かんざき》先輩だっけ？　俺ばっか責めんじゃねーよ。お互い様だろうが』と言い捨てた。

その先輩とは確かに仲良くさせてもらっていたが、誓って男女の関係ではない。

しかしどんなに否定しても、彼は私の言葉なんて信じなかった。

これまではなんとなく惰性《だせい》で付き合い続けてきたけど、浮気もバレたし、ちょうどいいから私と別れて浮気相手と付き合うと、彼はそう言った。

私は、恋人と親友をいっぺんに失くしてしまったのだ。

それ以来、私は人を好きになるのが怖くなった。好きになって、また手酷く裏切られるかもしれないと思うと、不安で堪《たま》らなくなる。

私は、再び恋愛物語の世界に夢中になった。

物語は恋の切なさや苦しさ、そして喜びを伝えてくれる。けれど、決して私の心を傷付けることはない。

だから、これでいいじゃないかと思った。

実際に恋愛なんてしなくても、物語を読んでいるだけで、私は十分幸せな気持ちになれる。

恋人なんかいなくたって、生きていける。

そんな風に初恋の痛手を拗《こじ》らせてはや数年。

私は相変わらず恋人ができないまま、大学卒業後に入社した会社で働いている。

恋人のいる友人や、結婚して家庭を持った友人を羨《うらや》ましく思う時もあった。けれど、仕事はやりがいがあるし、一人の生活は気ままで自由だし、それなりに楽しく生きている。

これから先もずっと、こうして一人で生きていくのかもしれない。

それはちょっとした不安を伴《ともな》うものの、今の時代、一生独り身の人間なんてそう珍しくもないし、なんとかやっていけるだろう。

私にとって恋愛は、現実のものではなく物語の中にあるもの。

そう、現実の私には縁遠いもののはず……だったのに！

それが何を間違って、私なんかが人様に恋愛指南をする羽目になったんでしょうか……!?

一

（うう……頭が痛い……）

私は酷い頭痛とともに目を覚ました。

あー、昨夜つい飲みすぎちゃったんだっけ？

二日酔いで始まる朝なんて、残念すぎる。

（あれ？）

ふと、私は違和感を覚えた。

寝室の天井って、こんな感じだったかな？

それに、布団の感触もなんだかいつもと違う気が……

「んん……？」

私は痛む頭を抱えてもそりと起き上がった。そして室内を見回し、「えっ」と驚きの声を上げる。

（こ、ここ、私の部屋じゃない！）

私がいるのは、まったく知らない部屋の、まったく知らないベッドの上だった。

どこかのホテル……ではないようだ。誰かの寝室らしきこの部屋には、ノートパソコンが置かれたシンプルなパソコンデスクと椅子、本棚、それからベッドがある。家具はすべて黒を基調に揃えられていて、枕とシーツは白、布団カバーは無地のグレーだ。

(これ、どういう状況……)

私はどうして自分の部屋ではない場所で寝ているのか。

そもそも、ここはどこなのか。

「ええと……」

私は必死に昨夜の記憶を思い出そうとする。

(確か昨日は仕事帰りにお気に入りのバーでお酒を飲んで……)

すると、コンコンと扉をノックする音が響いた。

「失礼します」

(……!?)

低い男性の声に一瞬身構えてすぐ、扉を開けて現れたのは見覚えのある男性だった。

(この人は……)

昨夜バーで会って、一緒にお酒を飲んだ人だ。

えっ、ここは彼の部屋なの？　私が寝ているのは、彼のベッド？

「目が覚めたんですね。おはようございます」

「お、おはようございます……」

って、呑気《のんき》に挨拶《あいさつ》してる場合じゃないって！

(ま、まさか、これは……！)

恋愛物語でよくある、「一夜の過《あやま》ち」パターン!?

酔っ払い、行きずりの人と一線を越えて、見知らぬベッドで目覚めるという、あの有名な……!

えっ、ということは私はもしかして、彼とその、致してしまったのだろうか?

そして彼のベッドの上で朝を迎えたと!?

(ひえええええ! そんな、嘘でしょー!)

ま、待って。落ち着いて。そうだ、まずは落ち着け、落ち着くんだ。ヒッヒッフーって、これは違う! そうじゃなくて、ええと、ええと、深呼吸!

大きく息を吸って、吐いて、吸って、吐いて……

冷静に、昨日あったことを思い出すんだ。

確か私は昨日、仕事が終わったあと……


(あー、今日も一日よく働いたなあ)

十月に入って、最初の金曜日のこと。

私、斉藤《さいとう》楓はパソコンでの入力作業を終え、自分のデスクで思いきりうーんと伸びをした。

今日の仕事はこれで終わり。データを保存したのちパソコンをシャットダウンする。デスクトップにしている猫の癒《いや》し画像が消え、画面が黒く染まった。

「はあ」

ずっとパソコンと睨《にら》めっこしていたから、目が疲れている。私は鞄《かばん》から目薬を取り出すと、上を向いて目にぽとりと差した。うあー、沁《し》みるねぇ。

目の端から零《こぼ》れた目薬を指で拭《ぬぐ》いながら壁の電子時計を見ると、すでに夜の八時をすぎていた。

我が社の終業時間は六時だから、二時間残業したことになる。残業代が出るからいいけど。

それに明日は土曜日だ。先週は休日出勤になってしまったけれど、明日は休み。明後日《あさって》も休みだ。

それを思えば、ここ一週間の疲れさえ心地良く感じてしまう。

(んふふ、明日は一日寝倒して、明後日《あさって》は久しぶりに買い物にでも出かけようかな～)

休日の予定を考えつつ、いそいそと帰り支度《じたく》を始める。

ああそうだ、買い物ついでに美容院にも行こうかな。肩下まで伸ばしている髪にゆるくパーマをかけているんだけど、それがとれ始めてるんだよね。

「それじゃあ、お先に失礼します。お疲れさまでした」

「斉藤さん、お疲れ～」

「お疲れさ～ん」

フロアに残っていた他の社員に声をかけ、私は気分良く職場をあとにした。

私が勤めている会社は、新宿《しんじゅく》にあるビルのワンフロアに本拠を構えるＩＴ企業だ。

主に企業向けのアプリ開発をやっていて、他にもソフトウェアやウェブサイトの企画、構築、顧客管理システムの開発と管理を手掛けている。社員数は二十二名と少数だが、業績は右肩上がりでお給料もなかなか良い。

私はここで社長秘書の肩書きをもらっている。といっても、秘書業務だけでなく庶務や雑務もこなすなんでも係というのが実情だ。

この会社を立ち上げた社長は大学時代の先輩。内定が一つも取れず就職浪人になりかけていたところ、お情けで声をかけてもらったのが縁でお世話になっている。

最初のころは社長と私を入れても十人に満たない小さな会社だったのに、ちょっとずつ人や仕事が増えてきて嬉しい限りだ。まあ、人員が少数な分、ひとりひとりがやらなければいけないことも多くて大変だけど。

そうそう、先週なんて本当に酷かった。納品期限を間近に控えたアプリに不具合が見つかり、システムエンジニア全員が休日返上でデバッグ作業に追われたのだ。

私はプログラミングに関しては戦力外だけど、その間、他の社員の事務仕事を肩代わりする羽目になって、同じく休日出勤。なんとか期限に間に合ったから良かったものの、先週はみんな目が死んでたなあ……

先週の忙しさを思い出しながら、私は会社の入っているビルを出た。そのまま駅には向かわず、ある場所を目指す。

せっかくの花の金曜日だからね。自分へのご褒美《ほうび》がてら、美味《おい》しいものでも食べて、美味《おい》しいお酒を一杯ひっかけてから帰ろうと思ったのだ。

目当ての店は会社から徒歩で行ける距離で、新宿の路地裏の片隅にある。

『ＢＡＲ　スクナ』、酒の神の名を冠《かん》するその小さなバーは、以前うちの社長に教えてもらったお店だ。

店内はカウンター席が七席、四人掛けのテーブルが三つのこぢんまりとした造り。さりげなく間こえてくるジャズの音楽が心地良い、落ち着いた雰囲気の隠れ家的なバーである。

ここはお酒はもちろん、料理もとても美味《おい》しいのだ。

重厚な木製の扉を開け、階段を下りて半地下の店内に入る。

店の中にはカウンター席の端におじさんが一人、テーブル席に若い女性客が二人いるだけだった。

空《す》いていて良かったと思いながら、私もカウンター席に座る。

「いらっしゃいませ」

「こんばんは、マスター。まずはナポリタンいただけますか？」

「はい、かしこまりました」

マスターはにっこりと微笑んで、私におしぼりを手渡してくれた。

この店のマスターは女性である。艶《つや》のある黒髪をボブカットにした、同性である私でも時々うっとりと見惚《みと》れてしまうほどの美人だ。清潔感が漂《ただよ》う白シャツに黒のカマーベストがよく似合っていて、とても恰好良い。

（はあ、気持ち良い）

手渡されたおしぼりはちょうど良い熱さだった。これで顔を拭《ふ》いたらすっきりするだろうなあとオッサン臭いことを考えてしまうが、こんなお洒落《しゃれ》なバーでそんなことできない。何よりお化粧がドロドロになる。

「お待たせいたしました」

おしぼりをにぎにぎと弄《もてあそ》びながら待っていると、ほどなくして熱々のナポリタンが前に置かれた。

タマネギとピーマン、ベーコンというシンプルな具材。それらをケチャップで絡めて炒《いた》めた、なんとも懐かしい香りが鼻腔《びこう》をくすぐった。

(うわあっ、これだよこれっ！　これが食べたかったの！)

いただきますと手を合わせて、さっそくフォークでくるくるとナポリタンを巻きとり、ぱくりと口に運んだ。うん、美味《おい》しい！　この甘酸っぱい感じがたまりません。

私は夢中になってナポリタンを食べた。

(そろそろ、お酒も欲しいなあ)

ナポリタンを半分ほど食べたころ、私はお酒が飲みたくなった。元々、ただ食事をするためだけにここへ来たわけではないのだ。

空《す》きっ腹にいきなりお酒を入れると悪酔いしてしまうので食事を先に頼んだんだけど、そろそろ飲んでも良い頃合いだろう。

「ジントニックお願いします」

このバーでの一杯目はジントニックと決めている。

初めてこのお店に来た時に飲んで以来、私はマスターのジントニックにすっかり惚れ込んでしまったのだ。

「かしこまりました」

私は食べるペースを少し落とし、目の前でジントニックを作るマスターを見る。

トールグラスに氷を入れ、ジンを注ぐ。そして冷えたトニックウォーターを注ぎ、軽くステアしてスライスしたライムを飾る。その手際は何もかもが様《さま》になっていて、恰好良かった。

「お待たせいたしました」

「ありがとうございます」

さっそくジントニックを口にすると、柑橘《かんきつ》の爽《さわ》やかな香りがふわりと鼻を掠《かす》める。

「美味《おい》しい」

思わずそう口にすると、マスターは美しい顔に微笑を浮かべ、「ありがとうございます」と頭を下げた。そんな仕草もまた恰好良い。彼女が男性だったら確実に惚れていただろう。

(あー、美味《おい》しいごはんに美味《おい》しいお酒！　最高に幸せぇ……)

ジントニックを飲みながらナポリタンを平らげ、二杯目にホワイトレディを頼む。こちらもジントニックと同じジンベースのカクテルで、ほんのりと色づいた乳白色が綺麗だ。

甘さがあって、かつ爽《さわ》やかに引き締まった味。うーん、美味《おい》しい。

ホワイトレディに舌鼓《したつづみ》を打ち、お通しで出されたナッツをぽりぽりと齧《かじ》る。ナッツはちょうどいい塩加減で、お酒がより美味《おい》しく感じられた。

そうしてゆっくりとここでの時間を楽しんでいると、新たな客が一組やってきた。

ガーリー系ファッションに身を包んだ若い女性と、サラリーマン風の眼鏡の男性の二人組だ。

女性は、綺麗に染めた茶色の髪を毛先で軽く巻いている。ナチュラルメイクの顔は少し幼げで、甘く可愛らしい雰囲気だ。

男性は、長めの前髪をきっちり七三に分けている。銀縁《ぎんぶち》眼鏡をかけていて、なんとも生真面目で誠実そうな人柄を思わせる外見だ。

（あ……）

なんとなく目を惹《ひ》かれたのは、彼が今ハマっている恋愛漫画のヒーローにちょっと似ていたから。

特に、考えていることがわかりにくそうな、冷たい印象の顔立ちが似ている。

地味な恰好だけど、よくよく見ればけっこう整った顔をしているイケメンさんだ。

（……っと、いけない）

ついまじまじと見てしまい、私は慌てて視線を外した。

たぶん、二人は恋人同士なんだろう。

彼女連れの男性をあんまり見てたら失礼だよね。

「わぁ〜、こういうお店、一度来てみたかったんですぅ」

女性がやけに甘ったるい声で隣の男性に話しかけた。

一応声量は抑えているようだが、小さな店なので会話は筒抜けだ。

男性の方はというと、整っているが堅物そうな顔を緩《ゆる》めもせず、「それならよかった」と感情の籠《こも》らない声で答えていた。

（……ん？　恋人同士……じゃないのかな？）

なんだか気になってしまって、二人の様子を窺《うかが》ってしまう。

男性の態度には、恋人同士特有の甘さや気安さがまったくない。ただの知り合いなのか、それともお見合いか何かで出会ったばかりの発展途上な関係なのかと、頭の中であれこれ推測してみる。

物語の中の恋人同士を見るのも好きだけど、現実の恋人同士を見るのもけっこう好きなんだよね。頭の中で勝手に二人の物語を妄想……いやいや、想像して楽しんだり。

二人はテーブル席ではなくカウンター席に座った。

私の席から一席空《あ》けて男性が、その隣に女性が座っている。

どうやら、彼らは最初の推測通り恋人同士のようだ。どこかの店でディナーを済ませ、女性がかねてより来たがっていたバーに、男性が初めて連れて来たらしい。

それだけ聞くと恋人思いで羨《うらや》ましい限りだ。だが、きゃっきゃっとはしゃぐ女性に対し、男性の方は妙に暗いというか、どこか思い詰めた雰囲気だった。

「…………」

二人の間に漂《ただよ》う空気に不穏なものを感じる。それが気になった私は帰るタイミングを逸《いっ》し、三杯目のカクテルを頼んでいた。

「ねえねえ〜、荻原《おぎわら》さん、今度旅行に行きましょうよ〜。みなみ、沖縄《おきなわ》に行きたいなあ」

男性の暗い表情に気付いているのかいないのか、女性——みなみさんはおねだりするみたいに猫《ねこ》撫《な》で声で話しかける。

彼女の人目を憚《はばか》らない甘えた態度に、私は微妙な笑みを浮かべながら三杯目に頼んだソルティ・ドッグをちびりと飲む。グラスの縁《ふち》についた塩とグレープフルーツの風味が抜群の相性で、とても爽《さわ》やかなお酒だ。

少しの間があって、男性が口を開く。

「旅行には、関野《せきの》さんと一緒に行ったらどうですか？」

「えっ？」

（ん……？）

恋人からの旅行の誘いにその答え？　関野って誰だ？　と、つい耳を澄ましてしまう。

何やら修羅場《しゅらば》の予感がする。

「や、やだなあ。関野さんはただの同僚じゃないですかぁ」

「みなみさんはただの同僚とホテルに入るんですか？」

（ホ、ホテッ……！）

危うく口に含んだカクテルを噴くところだった。危ない危ない。

というかホテルって、みなみさん完全に浮気じゃないの。アウトだよアウト！

「……なんで、それ……」

みなみさんはぷるぷると震えながら俯《うつむ》いた。

即座に否定しないあたり、図星なのか。

「先日、偶然見てしまいました。関野さんに尋ねたら、先月から交際を始めたと。職場恋愛はバレると恥ずかしいので、秘密にしておいてほしいと言ったそうですね」

わ、わーお。職場内で二股ですか。やるな、みなみさん。

「…………」

みなみさんは答えない。ちらりと彼女の様子を窺《うかが》ったが、俯《うつむ》いているので表情はわからなかった。

一体どんな顔をしているんだろう。

それにしても、職場内で二股とか……

(酷いなあ……)

私の胸に苦い思いが込み上げてくる。

大学時代、初めてできた彼に浮気された当時の記憶が甦《よみがえ》ってきたのだ。

もう忘れたいのに、あの時味わった気持ちはなかなか消えてくれない。

今でもふとした瞬間に、じわじわと胸に込み上げてくることがある。

そういえば、風の噂《うわさ》で元カレと元親友が大学卒業後に結婚してすぐ離婚したと聞いたっけ。

彼らが今幸せだったら、自分はきっと、もっと惨《みじ》めな気持ちになっていただろう。そんな他人の不幸に安心する自分の醜《みにく》さにも嫌気が差す。

「……みなみ、悪くないもん……」

過去の苦い記憶に思いを馳せていたら、それまでずっと俯《うつむ》いていたみなみさんが顔を上げてそう呟《つぶや》いた。

いやいや、悪くないもん……って。

私は呆れながらグラスを傾ける。

「……荻原さんが悪いんだもん。みなみに寂しい思いをさせるから」

みなみさんは男性——荻原さんがいかに恋人としてなっていなかったかを語り出した。

曰《いわ》く、一緒にいて楽しくないだの、真面目すぎてこっちまで肩が凝《こ》るだの、あんまりプレゼントしてくれないだの優しくないだの、まあ言いたい放題。

私は完全な部外者だが、みなみさんの言い分は聞いていて、とてもイライラした。

（大体、荻原さんに不満があるならきっちり別れてから次の人と付き合えばいいじゃない。なのに浮気するなんて、要するに二人の男をキープしていたかったんでしょ。不誠実すぎる）

私の元カレと同じだ。彼は私の親友に手を出しながら、浮気がバレるまで私とも平然と付き合っていた。

やがて、それまで黙って話を聞いていた荻原さんが、口を開いた。

「……俺に原因があるのはよくわかりました」

まさか、みなみさんに謝るつもり？　と、私は無関心を装《よそお》いつつもちらちらと二人の様子を窺《うかが》う。

「わかってくれたらいいんですぅ。みなみもぉ、ちょっとイケナイことしちゃったなって思うしぃ、荻原さんのこと、別に嫌いになったわけじゃないしぃ」

（ええー！）

今回の浮気を許しちゃうの？

真摯《しんし》に謝りもせず、浮気を「ちょっとイケナイこと」とか言ってるんだよ？　こういうタイプは絶対にまた浮気するのに、それでもいいの？

私が他人事ながら内心でヒートアップしていると、荻原さんが言った。

「いえ。俺はもうみなみさんとはお付き合いできません。関野さんとお幸せに」

「なっ」

（よく言った荻原さん！）

みなみさんの思惑に反し、きっぱりと別れを突きつけた荻原さんに、私は心の中で快哉《かいさい》を叫ぶ。

お酒の一杯も奢《おご》りたいくらいだ。ほら、ドラマとかでよくある「あちらのお客様からです」ってやつ。

「なによ！　せっかくみなみがアンタなんかと付き合ってあげたのに！　ふざけんな！」

荻原さんの方から別れを突きつけられたことは、みなみさんのプライドをいたく傷付けたらしい。

彼女はそれまでのぶりっこから一変し、激昂《げっこう》して立ち上がった。

しかも自分の飲みかけのグラスを握り、その中身を荻原さんに向かってブチまけ——

「わっ」

「えっ……」

ブチまけ……たのだが、荻原さんが咄嗟《とっさ》に避《よ》けたせいで、その中身は思いっきり私にかかってしまった。

（……マジか……）

髪から滴《したた》る甘ったるい匂いのお酒。そういえばみなみさんが飲んでいたのはカルーアミルクだった。よりによってミルク系かよ。

せめて、もっとさらっとしたお酒なら……いや、たとえそれがただの水でも、他人からいきなりかけられるのはごめんである。

（人の修羅場《しゅらば》を興味本位で覗いた罰かな、とほほだよ）

正確には覗いたというより、勝手に隣で繰り広げられちゃっただけなんだけど。

「すみません！　大丈夫ですか!?」

荻原さんが慌てて私に自分のハンカチを差し出す。

私は「あ、ありがとうございます」とそれを受け取り、とりあえず髪を軽く拭《ぬぐ》った。顔にもかかっていたが、そちらはマスターが渡してくれたティッシュでそっと拭《ぬぐ》う。ああ、服にもばっちりかかってるわ。お酒臭い。

「み、みなみは悪くないもん！」

張本人のみなみは、そう言い捨ててこの場から逃げ出してしまった。

「うっわ、最低～」

そう呟《つぶや》いたのは、テーブル席に座っていた若い女性客だ。

荻原さんとみなみさんの修羅場《しゅらば》は、彼女達の耳にもばっちり届いていたのだろう。

うん、本当に最低だ。せめて一言くらい謝りなさいよ……と呆れながら、私はため息を吐く。

「本当に申し訳ありませんでした」

逃げ出した元恋人に代わって、荻原さんが深々と頭を下げる。

うん、まあこの人が避《よ》けたから私にかかっちゃったんだもんね。

それにしても、どうしようかな～。拭《ふ》いても髪はべたべたただし、服も汚れちゃったし、これで電車に乗るのはちょっと……。お財布には痛いけど、タクシーを呼んで帰るしかないかなあ。

「お客様、よろしければ……」

どうしたものかと思案していると、マスターが救いの手を差し伸べてくれた。

なんでも、このお店の上の階はマスターの住居スペースになっているとかで、そこでシャワーと着替えを貸してくれるらしい。

そこまでしてもらって申し訳無いと思いつつも、このままでは帰れないので、マスターのご厚意に甘えることにした。

私がお願いすると、マスターはカウンターの端に座っていたおじさんに話しかける。

なんと、実はおじさんがこの店のオーナーなのだそうだ。マスターはお店を彼に任せると、私を連れて従業員用の扉を潜《くぐ》り、その奥にあった階段で上の階に上がる。

お店もお洒落《しゃれ》だったけど、住居スペースもお洒落《しゃれ》だ。美女の住む家はなんだか良い匂いがするなあなんて思いつつ、着替えとタオルを手渡された私は、浴室にお邪魔した。

メイク落としシートは化粧ポーチに常備してあるので、それで化粧を落としシャワーを浴びる。

それからマスターに借りた着替えを着て軽く化粧をし、下の店に戻った。

お酒で汚れてしまった自分の服は、浴室で軽く水洗いさせてもらってから、マスターが用意してくれた袋に入れている。

店には、先に戻っていたマスターの他にオーナーのおじさんと、荻原さんがいた。

どうやら荻原さんは、私に謝罪するために残っていたらしい。

「あの、クリーニング代はもちろんお支払いします。本当に、なんとお詫びしていいか……」

荻原さんの謝罪に、私は首を横に振る。

「いえいえ。その、事故みたいなものですし。服も自宅で洗えますから、お気になさらず……」

「ですが……」

これがみなみさん相手なら、慰謝料《いしゃりょう》までふんだくってやりたい気分。だけど、荻原さん相手だと、自分も昔同じような経験をしたせいか同情してしまって、あまり怒る気になれないんだよね。

だけど、荻原さんはそれでは申し訳無くて気が済まないとか。それなら……

「じゃあ、クリーニング代の代わりに一杯奢《おご》って下さい。それでチャラってことで」

私がにっこり笑って提案すると、荻原さんは一瞬驚いた顔をしたあと、ホッとした様子で微笑んだ。

「喜んで」

（あっ……）

彼が微笑むと、冷たく硬い雰囲気が和《やわ》らいで、温かみのある表情になる。

（笑うとけっこう可愛いんだな、この人）

そのギャップにうっかりときめいてしまった。

でも、それは一瞬のことだったし、一緒にお酒を飲むことになったけど、どうせ一夜限りの縁だと考えていた。

それがまさかあんなことになるなんて、夢にも思わなかったのだ。

二

（そうだ、それで私は荻原さんと一緒に飲んで、そして今……どうして荻原さんと一緒にいるの？　ここ、たぶん、荻原さんの部屋だよね？　や、やっぱりあのあと、私は酔った勢いで彼と致してしまったのか⁉）

私が悩んでいるのを、荻原さんは不思議そうな顔をしつつも、何も言わず見守っている。

やがて、未《いま》だ状況を計りかねている私に、彼は「朝食ができたんですが、いかがですか？」と告げた。よく見れば、荻原さんは白シャツを腕捲《うでまく》りし、黒いエプロンをつけている。

「あ、はい。い、いただきます……」

それにしても、経験がないからいまいち確信は持てないのだが、私の身体は頭痛が酷いくらいで、他に違和感……特に下半身の違和感はないようだ。

服装も、昨夜バーのマスターに借りた服のままで乱れはない。

「……っあ！」

そういえばと自分の顔に触れると、案の定化粧をしたままだった。これで寝入ってしまったのか！

（いやあああ！）

「す、すみません。洗面所をお借りしてもいいですか？」

「はい。洗面所はこちらです」

荻原さんは快《こころよ》く洗面所に案内してくれた。

彼の住まいは１ＬＤＫで、寝室の隣がキッチンを備えたリビングダイニングになっている。寝室とは反対側に、玄関と洗面所に繋がる扉があった。

私はベッドの傍に置かれていた自分の鞄《かばん》を手に、洗面所に籠《こも》る。

寝室やダイニングキッチンもそうだったが、洗面所も男性の一人暮らしとは思えないくらい綺麗に整えられていた。

ごちゃごちゃっと物が散乱した私の部屋とは大違いだ。

「うわ、酷い顔……」

鏡に映る自分の顔は、化粧が崩れて悲惨だった。

ひいい、口元に涎《よだれ》の跡までついている。

こんな顔を人様に晒《さら》したのかと思うと、恥ずかしさといたたまれなさで深いため息が零《こぼ》れた。

それに、ファンデーションの下では肌が確実にダメージを受けているだろう。家に帰ったらパック決定だ。

まずはメイク落としシートで化粧を落とし、洗面台に置いてあった石鹸《せっけん》を借りて顔を洗う。洗い上がりに少し肌がつっぱる感じがしたが、背に腹は代えられない。

できればシャワーも浴びておきたかったけれど、さすがに昨日知り合ったばかりの男性の部屋でシャワーを借りるのは躊躇《ためら》われた。

洗顔のあと、試供品として貰った使いきりタイプの美容水と乳液で肌を整え、薄く化粧をする。

「あの、ありがとうございました」

洗面所を出て、ダイニングテーブルの上に朝食を並べている荻原さんに声をかけた。

「いえ、お気になさらず。簡単なものばかりですが、どうぞ」

(簡単なものって……)

私はテーブルの上に並べられた料理を前にして、目を見開く。

濃紺《のうこん》のランチョンマットの上に、ぴかぴかに炊《た》きあげられた白いご飯、シジミのお味噌汁、焼いた鮭《さけ》の切り身に小鉢に入った大根と里芋の煮物、千切りキャベツとトマトのサラダ、小皿に盛られたナスのお漬物が置かれている。

しかも箸《はし》はちゃんと箸《はし》置きに置かれていた。どこの旅館の朝食ですか……

これ、全部荻原さんが作ったのだろうか。だとしたらすごいな。

私は勧められた椅子におずおずと座り、いただきますと手を合わせてから箸《はし》をとる。

「……美味《おい》しい……」

最初に口にしたのはシジミのお味噌汁だった。二日酔いにはシジミのお味噌汁が効くとよく言われているが、確かに身体に沁《し》み入る味だ。

「お口に合ったようでよかった」

荻原さんはそれだけ言って、自分も箸《はし》を手にとった。

(あ、お箸《はし》の使い方、綺麗だな……)

彼はまるで見本のような所作で、黙々と食事を続ける。

私も何を話していいかわからず、気まずさを隠すために食事に専念した。

（うわ、鮭《さけ》も絶妙な塩加減で美味《おい》しい！）

こんなしっかりした朝食を食べるなんて、どれくらいぶりだろうか。

仕事の日は、通勤途中で買ったコンビニのパンやおにぎりを会社で食べることが多い。それに休日も、昼まで寝てどこかにブランチを食べに出て行くというパターンばかりだ。

荻原さんは、食後に緑茶と剥《む》いた梨《なし》まで出してくれた。

（はあ、梨《なし》も美味《おい》しいなあ……って、デザートを美味《おい》しくいただいている場合じゃないでしょうが！　私がどうしてここにいるのか聞かなきゃ！）

梨《なし》をシャクシャクと齧《かじ》りながら、私は場の雰囲気に流されまくっている自分自身にツッコミを入れた。

「あ、あのう……」

私は梨《なし》を食べ終えると、意を決して荻原さんに話しかける。

「実は私、昨夜のことをいまいちよく覚えていなくて……」

「え……」

荻原さんと出会って一緒にお酒を飲むことになったところまでは思い出したんだけど、そこから先が思い出せない。

「す、すみません！　私、何か失礼なことをしてしまったでしょうか？」

まさか「私はあなたとセックスを致してしまったのでしょうか⁉」と聞くわけにもいかず、迂遠《うえん》な言い方で尋ねる。

ただ、一つだけ言い訳させてもらうと、記憶をなくすまで飲むのはこれが初めてなんですよ！　異性の部屋で目が覚めるなんて初めての体験です！　朝食もデザートもぺろりと平らげたけど、これでもけっこう混乱しているのですよ！

私の質問に、荻原さんも慌て出した。

「いえ、失礼だなんてとんでもないです！　昨夜、斉藤さんは俺の愚痴《ぐち》を聞いて下さって……」

(あ、私の名前知ってるんだ……)

そういえば昨夜名乗り合ったっけと思ったところで、だんだんと記憶が甦《よみがえ》ってくる。

そうだ、私はあれからバーで一緒にお酒を飲みながら、荻原さんと話をしたんだった。

私も浮気されて酷い目を見たことがあったから、荻原さんの愚痴《ぐち》が他人事に思えず、真摯《しんし》に聞いたのだ。昔、落ち込んだ私に先輩や友人達がそうしてくれたように。

荻原さんは今回のみなみさんに限らず、恋人はできても上手くいかないことばかりなのだそうだ。一方的にフラれたり、今回みたいに浮気されたりとか。

うんうん、浮気されるのって辛いよね、悲しいよね……と相槌《あいづち》を打ちまくった記憶がある。私もだいぶ酔っていたのだろう。

それで、酔っ払った私が彼を二軒目に誘い、次は居酒屋に入った。そこでさらにお酒を飲みつつ彼の話を聞いているうちに、だんだんと恋愛相談になっていったんだった。

「俺なんかの情けない話を、斉藤さんは親身になって聞いて下さいました」

ああそうだ、そこで荻原さんの過去の手痛い失恋話も聞いたっけ。

それは彼が高校生の時のこと。同級生女子に告白されて、彼は生まれて初めて彼女ができた。

荻原さんは、彼なりに彼女と真剣に付き合っていたという。毎日連絡をとりたがる彼女に合わせて苦手なメールも返信は欠かさなかったし、デートでは彼女が喜びそうな場所に行った。多くない小遣いを工面してプレゼントも贈ったとか。

彼女はその都度喜んでくれていたので、交際は上手くいっていると思っていた。

だが荻原さんはある日、塾帰りに寄ったファーストフード店で、彼女が友達に自分のことを悪く言っているのを聞いてしまう。

メールのやり取りが素っ気なくてつまらないとか、プレゼントのセンスがなくて喜ぶフリをするのも疲れるとか。

酷い話だが、『あいつキスが下手なんだよね』と友達と一緒に彼を馬鹿にして笑っていたんだって。実際は、キスをしたことはなかったそうなのに。

当然その彼女とは上手くいかず、ほどなく別れることになったらしい。初めての彼女から受けた心ない仕打ちは思春期の荻原少年に深い傷を残し、以来、彼は女性にどう接していいかよくわからなくなってしまったのだという。

荻原さんは私と同じだ。初めての、本気の恋でとても辛い思いをした。

だから他人事とは思えず、なんとか励《はげ》まそうと彼の相談に乗ったのだ。

女性はどうしたら喜ぶのかとか、どういう男性に惹《ひ》かれるのかとか、そんな話を熱弁した記憶がある。

思い出してみると、昨晩の私はまるで恋愛上級者みたいな話しぶりだったけど、それは酒の勢いの為《な》せる業《わざ》。本当の私は荻原さんより恋愛経験が少ない。話のソースは実体験ではなく、すべてよく読んでいる恋愛小説や恋愛漫画から学んだものだ。

なのに、荻原さんがそんな私のアドバイスを真剣に聞いてくれるのが嬉しくて、調子に乗って色々な恋愛観を語ったように思う。お酒って怖いね。素面《しらふ》に戻った今となっては、自分の言動に赤面ものだ。

とにもかくにも、盛り上がってすっかり酒を過ごしてしまった私は、居酒屋で酔い潰れてしまったらしい。

その日初めて会った異性の前で酔い潰れるとか、自分の迂闊《うかつ》さが情けない。

送って行こうにも住所がわからなかった荻原さんは、仕方なく私をタクシーに乗せ、自分のマンションへ連れてきたのだそうだ。

「誓って、不埒《ふらち》な真似《まね》はしていません」

荻原さんは真剣な顔で言う。

彼は私をベッドに寝かせると、自分はリビングダイニングのソファで寝たとか。

それを聞き、ちらっとソファを見たが、二人掛けサイズの黒のソファは、長身の荻原さんが寝るには少し小さい。

（うわあああ、なんてこと……！）

「ご迷惑をおかけしました！」

私は深々と頭を下げた。

酔い潰れた人間を運ばせた上に、家主のベッドまで奪《うば》ってしまった。

それにしても、相手が紳士《しんし》でなかったらと思うと、今更ながらゾッとする。

「いえ、こちらこそ勝手な真似《まね》をして……」

すると、荻原さんまで私に頭を下げて謝り始めた。

いやいやそんな、いえいえこちらこそと、この場はすっかり謝り合戦の様相《ようそう》を呈《てい》する。

（なんだこれ……）

昨夜知り合ったばかりの男女が、朝のリビングダイニングでお互いに頭を下げ合っている姿はどこか滑稽《こっけい》で、私はぷっと噴き出してしまう。

「……ええと、それじゃあこれでおあいこということで」

迷惑をかけた私の台詞《せりふ》じゃないかもしれないけれど、こうでも言わないといつまでも謝罪し合うことになりそうだ。

荻原さんも「そうですね」と頷いて、頭を上げてくれる。

「……ところで、昨夜の出来事をよく覚えていらっしゃらないということは、その、昨夜の約束についても覚えていらっしゃいませんか？」

「え？　約束？」

昨夜の記憶は粗方《あらかた》思い出したはずなのだが、約束とはなんだろう？

首を傾げる私に、荻原さんは少し残念そうな顔をする。

「実は、恋愛の仕方がよくわからない、女性の気持ちがわからないという俺に、斉藤さんがその、恋愛指南をして下さると」

「ええっ⁉」

恋愛指南⁉　私が？　荻原さんに？　そんな約束をしたの⁉

そ、そういえば昨夜、居酒屋で……

『恋愛の仕方ぁ？　女心ぉ？　うーん、それ、そんなに知りたいなら私が教えてあげようか？』

『えっ』

『これも何かの縁だしねぇ。荻原さんにはお酒も奢《おご》ってもらったし、うふふ、この楓さんにドーンと任せなさぁい！』

お酒で真っ赤になった顔で、私はケラケラと笑いながら安請け合いをした。

『本当に、いいんですか？　ご迷惑では……』

『いいの、いいの！　私こういうの大好きだし！　大船に乗ったつもりでいていいよー！』

『ありがとうございます』

『ウェーイ！　楓の恋愛指南役就任にカンパーイ！』

『か、乾杯』

『私は厳しいぞ〜！　アハハハハ！』

こんな会話をした記憶が、一気に甦《よみがえ》ってくる。

う、うわあ……！　最悪！　最悪だよ！　なんて大言《たいげん》を吐いたんだ私……！

確かに恋愛物語は大好きだよ？　でも、人に教えられるほど経験豊富じゃないでしょうが！　なんだよ大船に乗ったつもりって！　私は厳しいぞって、アホか！

それに、恋愛指南役就任って！　自分で言って乾杯するとか、うわあ、恥ずかしい！　穴があったら入りたいとはまさにこのことだよ！

頭を抱える私に、荻原さんは慌てて言葉をかけてきた。

「いえ、酒の席の冗談を真に受けた俺が悪いんです。ただ、本当に困っていて……。ご迷惑でなければ、ぜひお願いしたいと……」

「…………」

私は咄嗟《とっさ》に答えられず、悩んでしまう。

ど、どうしよう……

たぶん、荻原さんは私のことを経験豊富な恋愛のエキスパートだと誤解しているのだろう。そう思わせるだけの言動を、昨夜さんざんしてしまったから。

それを今更、「すみません！　実は私、経験豊富どころか今まで彼氏なんて一人しかできなかったし、それだって浮気されてフラれちゃった有様で、昨日の話はほぼ漫画や小説の受け売りなんです！」なんて……言えない！

期待の籠《こも》った目で、縋《すが》るように私を見つめているこの人に、今さら本当のことは言えないよ！

「わ……かりました……」

気が付けば、私はこくりと頷いていた。

経験は少ないものの、知識だけはたくさんある。二次元に限定されるけど。

恋愛指南、できなくもないだろう……たぶん。

「本当ですか!?」

「た、ただし！　必ずご期待に添えるとはお約束できませんが、それでもよろしければ」

「もちろんです。ありがとうございます」

かくして、私は荻原さんの恋愛指南役を務めることになってしまったのだ。

あああ、まさかこんなことになるなんて。

酒は飲んでも飲まれるな。

当分お酒は控えようと、私は固く心に誓ったのだった。

三

「はあ……」

(引き受けてはみたものの、恋愛指南って、具体的にはどうしたらいいのかなあ……)

週明け、月曜日の午後二時すぎ。私は遅い昼休みを取りながら頭を悩ませていた。

悩みの種はずばり、先日断り切れずに引き受けてしまった恋愛指南のこと。

私が女心や恋愛についてのあれこれを教えることになった荻原さん——荻原智之《ともゆき》さんは私より一つ下の二十七歳で、区役所にお勤めの公務員。あのあと、お互いに改めて自己紹介して、連絡先を交換し合って別れたのだ。

一宿一飯《いっしゅくいっぱん》の恩もあるし、引き受けたからには力になってあげたいとは思う。

そこで、参考になればと家にある少女漫画や恋愛小説なんかを片っ端から読み返してみた。だけど、それをどう活かして何をどう教えたらいいのか、具体案が浮かばないのだ。

私はうんうん唸《うな》りながら、コンビニのおにぎりに齧《かじ》りつく。ツナマヨのおにぎりとシャケのおにぎり、それからカップのインスタント味噌汁が今日の私のランチだ。

うちの会社には社員の休憩用のスペースがあり、自販機と四人掛けの丸テーブルが四つ置かれている。昼休みの時間は特に決まっておらず、各自がキリのいいところで一時間の休憩をとることになっていた。

他の社員は十二時や一時ごろに休憩に入ったようだが、私は来客の対応があってこの時間まで押してしまった。そのため休憩スペースには他に人の姿はない。それに、食事休憩は自分のデスクでもとれるので、こちらに移動せず済ませる人もいるからね。

ちなみに、私はなるべく休憩スペースか外でランチをとることにしている。だって、自分のデスクだとあんまり休んでいる気にならないんだもの。周りで働いている人の目も気になるし。

私はおにぎりをもぐもぐと齧《かじ》りながら、鞄《かばん》からあるものを取り出した。

(とりあえず、これも参考になるかなあ)

今日、通勤途中で買った漫画の新刊である。

ちょっとドジなOLのヒロインと、黒髪眼鏡でドSなヒーローの、ちょっぴりエッチな恋愛モノ。ヒーローがとにかく恰好良くて、「きゃああ」とのたうち回りたくなるような胸キュン展開が読者の支持を集めている、人気シリーズなのだ。

私は片手におにぎり、片手に漫画という行儀の悪い恰好で黙々と漫画を読み進めた。

うちの会社では、昼休みに漫画を読んでいる人やゲームをしている人がけっこういるから、咎《とが》められることはない。ただ、何を読んでいるか知られるのは恥ずかしいので、会社で読む時はカバーをかけることにしている。この本も本屋さんでカバーをつけてもらった。

漫画を読んでいるうちに話に引き込まれ、おにぎりを齧《かじ》るのも忘れた私は、夢中でページを捲《めく》る。

ヒーローに想いを寄せるライバルの策略で、すれ違ってしまった二人。誤解したまま終わってしまうのか、それとも……！　という最高に盛り上がったところで——

「こらっ、お行儀悪いわよ楓！」

私の手から漫画が取り上げられてしまう。

「ああっ！　今めちゃくちゃいいところだったのに！」

「食事しながら漫画読むんじゃないの、もう。食べてから読みなさいよ。お味噌汁だって冷めちゃうわよ」

まるで母親のような苦言をよこしてきたのは、仕立ての良いスーツに身を包んだ長身のイケメンだった。

ジムで鍛《きた》えているという細マッチョな身体。アッシュベージュに染められた髪はお洒落《しゃれ》に整えられ、本人の華やかな顔立ちをより引き立てている。

「あらぁ、これって宝田《たからだ》センセイの新刊じゃなーい。もう出てたのね」

そう言って、彼は私の向かいに座るといそいそと漫画を読み出した。

「先輩。それ、私の本なんですけど……」

「会社では社長って呼べって言ってるでしょ～？　ほら、私が読んでる間に食べちゃいなさいよ」

この見た目はイケメン、中身はオネェな人物こそ、我が社の社長であり私の大学時代の先輩でもある神崎拓馬《たくま》。ちなみに、かつて元カレが私の浮気相手と疑った人物でもある。

だが先輩の恋愛対象は男性、つまりゲイだ。

故《ゆえ》に、彼にとって私は恋愛対象ではないし、私もそうだ。

先輩がオネェであることは会社の人間や親しい友人しか知らず、世間一般ではイケメン実業家として名が知られている。ええ、取り引き先のOLさん達からもモテモテですよ。私が営業のお供を務めると、嫉妬《しっと》の視線を向けられることが多々あります。

私は、はあ……とため息を吐いて、食べかけだったおにぎりをもしょもしょと齧《かじ》り始めた。

こうなったら先輩は読み終わるまで返してくれないだろう。何せ彼は、私以上にこの手の漫画や小説が大好きなのだ。

そういえば、大学で違う学部だった先輩と親しくなったのも恋愛小説がきっかけだった。

入学したばかりのある日、私は何年も止まっていたシリーズの新刊がようやく発売されて浮かれていた。退屈な講義の時間にこっそり読もうと、教材と一緒にその本を持って移動していたら、角を曲がってきた先輩とぶつかって、本を落としてしまったのだ。

当時からイケメンで有名だった先輩と廊下でぶつかるなんて、恋愛モノではよくあるシチュエーションだろう。かくいう私も一瞬ドキッとした。

だが私が落とした本を拾ってくれた先輩は、次の瞬間……

『きゃあああ〜！　これっ、「エメラルドの海」シリーズの最新刊!?　うっそぉ、もう出ないと諦めていたのに、発売されたの!?』

オネェ言葉でそう絶叫したのだ。

突然の事態にしばし固まっていた私だったが、「エメラルドの海」シリーズについて熱く語る先輩に同調し、意気投合。愛読書が似通っていることがわかり、先輩が入っていたコンピューターサークルに勧誘され、それからずっと付き合いが続いている。

まあ、そのサークルもほとんどが幽霊部員で、私と先輩はもっぱら部室で愛読書トークに花を咲かせていたんだけどね。

「それにしてもアンタ、相変わらず貧相なランチねぇ」

私が過去の記憶に思いを馳せていたら、先輩がため息まじりにそんなことを言い出した。

「いいじゃないですか。お手軽だし、安いし。コンビニのおにぎりもけっこう美味《おい》しいんですよ」

「栄養バランスが悪いじゃない。いいかげんちゃんと自炊しなさいな。食生活はお肌に出るのよ～」

「うっ」

痛いところを突かれた。

確かに、最近お肌の調子があまりよくない。

一昨日《おととい》の夜、たっぷりパックしたんだけどねえ……

先輩の言う通り、食生活を見直さないといけないのかなあ。

でも、料理するのは苦手だし面倒くさい。

「ちゃんとお野菜食べないとダメよぉ」

かくいう先輩は、妬《ねた》ましいくらい綺麗なお肌だ。くっ……！

先輩は料理も得意で日頃から食事に気を配っているし、しかも昨日エステに行ってきたばかりらしい。

なんでも最近気になる男性ができたそうで、その人を落とすためにいっそう自分磨きに励《はげ》んでいるんだとか。

先輩のそういう努力を惜しまないところは、素直に尊敬している。

「とっても気持ち良かったのよぉ。おかげでお肌もスベスベだし。ね、今度楓も一緒に行かない？」

「エステかぁ……」

最近、全然行ってないなあ。

「ほらぁ、やっぱり見た目って大事じゃない？　あの人の前では、いつだって最高に綺麗な私でいたいのよぉ」

「ですねぇ……って、あ！」

そうか、見た目だ！

荻原さんについて、何から手をつけていいかわからなかったけど、まずは見た目の改善からやってみよう。

先輩の言う通り、恋愛において見た目は大事ですからね！

荻原さんはダサい……というほどではないけど、ちょっと地味な外見だ。髪形と、あと眼鏡を変えてみたらもっと恰好良くなると思うんだよね。せっかく整った顔立ちなんだから、それを活かさないと！

今日家に帰ったら、さっそく具体的なプランを立ててみよう。

「ありがとうございます、先輩！」

おかげでずっと悩んでいたことが解決しました。ああ、すっきりした。

私はきょとんとしている先輩の前で残りの昼食を平らげると、はりきって午後の仕事を片付けた。

「？　どういたしましてぇ？」


そして、その週の日曜日。私は荻原さんと駅で待ち合わせていた。

ううう、異性と待ち合わせて出かけるなんて何年振りだろう……

ちなみに神崎先輩とはよく食事や買い物に行くが、私の中であの人は女友達枠なので、異性からは除外している。

今日は恋愛指南の初日。一応プランは立ててきたけれど、私なんかにちゃんと指南役が務まるか不安だ。

緊張しながら待ち合わせ場所に向かうと、荻原さんの姿を見つけた。

(待たせちゃったかな)

腕時計を見ると、現在の時刻は午前九時四十五分。待ち合わせの五分前だ。もっと早く来ればよかったかもしれない。

彼は背筋を伸ばし、書店のカバーがかかった文庫本を真剣な眼差しで読んでいる。

その姿が妙に様《さま》になっていて、私はしばし遠目に彼を見ていた。けれど、待ち合わせをしていることを思い出し、はっとして駆け寄る。

「お待たせしてすみません！」

「いえ、待ったといっても十五分ほどですし」

十五分……。そ、そんなに早くから来ていたのか……

そう言われると、ますます申し訳無い気持ちになる。

「ええと、こういう時は嘘でも『俺も来たばかりですから』って言った方が良いですよ」

じゃないと、相手も気を使っちゃいますからねと苦言を呈《てい》すると、荻原さんは思い当たることがあったのか、神妙な顔で頷いた。

たぶん、これまでのデートでも正直に言っちゃってたんだろうなあ。

「でも、相手を待たせまいと早めに行動する姿勢はとっても良いと思います」

指摘するところはちゃんと指摘して、褒《ほ》めるところはちゃんと褒《ほ》めなくちゃ。

あ、なんだか恋愛指南っぽいかも。よ、よし。この調子で頑張ろう。

「ありがとうございます」

「いや、頭は下げなくていいですよ！」

こんな人通りの多いところできっちり四十五度のお辞儀をされたら、何事かと注目されちゃうよ。

「ところで……、今日はもしかしてお仕事でした？」

何故私がそんなことを聞いたのかというと、荻原さんがスーツ姿だったからだ。

「いえ、あの……。恥ずかしながら、何を着て行ったらいいかわからず……」

おおう……、マジですか。

恋愛指南初日ということで、荻原さんも気負っているのだろうか。かくいう私も、今日着ていく服に小一時間悩んだんだよね。

だ、だって男の人と二人きりで出かけるなんて、ものすごく久しぶりだったから……！

私はちょっぴり微妙な気分になりつつ、荻原さんに聞いてみる。

「えっと、今まで彼女とのデートの時とかはどうしてたんですか？」

「スーツでしたね。仕事帰りに食事に行くことが多かったので……」

「休日は？」

「……スーツが多かったです」

それはそれは……

どうやら恋愛指南初日だから気負ったとかではなく、ただ単にデートで着る服に迷った結果、無難なスーツに落ち着いたらしい。しかも常習犯。

服装に迷う気持ちはよくわかるけど、休日デートまでスーツでは、相手の女性も堅苦しく感じたんじゃないかなあ。それくらいは、恋愛初心者の私にも察せられる。

「よし、それじゃあ今日はデート用の服も見てみましょうか」

「よろしくお願いします」

今日の外出の目的は、荻原さんのイメチェンである。

恋愛指南の手始めとして外見をちょっといじりたいと具体的なプランをメールで送ったところ、荻原さんが快《こころよ》く了承してくれたのだ。

時間に余裕があるので、服を見て回ることもできるだろう。

（ふう～）

ここまでボロが出なかったことに、私は内心で息を吐く。

恋愛指南の先生と生徒という間柄とはいえ、久しぶりの男性との外出にちょっぴりドキドキしつつ、私は荻原さんを最初の目的地である美容院に案内した。


待ち合わせた駅から歩いて五分ほどの距離にある美容院は、ここ数年私がお世話になっているお店だ。完全予約制で、美容師さんが三人で切り盛りしているこぢんまりとしたお店なので居合わせるお客さんが少なく、静かで居心地が良いんだよね。もちろん、美容師さんの腕も良い。

「こんにちは～。予約していた斉藤ですが」

「いらっしゃいませ、楓さん。今日のご予約は……こちらのお客様ですね」

店内に入ると、私の担当をしてくれている女性美容師さんがすぐに出迎えてくれた。

彼女の微笑ましげな視線は「彼氏ですか？」と問いかけているようで、ちょっと居心地が悪い。違いますからね！

「はい。今日は彼を。えっと、公務員なのであまり明るい色や奇抜《きばつ》な髪形はダメなんですが、おまかせで恰好良い感じにしてもらいたいんです」

私の曖昧《あいまい》な注文を、美容師さんは笑顔で「おまかせ下さい」と請け負ってくれた。

そして美容院は初めてで緊張しているという荻原さんを送り出し、私は待ち合いスペースで待たせてもらう。

私もお願いしたかったけれど、そうなるとカットだけじゃなくカラーやトリートメント、パーマも一緒にやりたい。それだと荻原さんを長時間待たせてしまうことになるから、また今度だ。

次に来た時のために、置かれている雑誌を見ながらどんな髪形がいいか考える。そして、スマホを取り出してメンズファッションを色々見ながら荻原さんの私服について検討していたら、あっという間に時間がすぎた。

来店して約一時間後。カットを終えた荻原さんが、照れ臭そうに私の前に現れた。

「あの、どうでしょうか……？」

「わあ……、すごく良いですよ！　恰好良いです」

お世辞ではなく、本当に恰好良かった。ちょっとドキッとしてしまったもの。

髪は染めなかったらしく、綺麗な黒髪はそのままでお洒落《しゃれ》にカットされている。

前髪も短めなので、彼の整った顔が露《あら》わになり、今までのやや地味な印象が一転、明るくて爽《さわ》やかな雰囲気に変わっていた。

髪形一つでこんなに垢抜《あかぬ》けて恰好良くなるんだもんなあ、すごいや。

しかも、自分の変わりように戸惑っている様子の荻原さんはなんだか初々《ういうい》しくて、可愛いと思ってしまう。

「自信作です」

美容師さんも満足そうに荻原さんを見ている。

うんうん。確かにこれは大満足の仕上がりだ。荻原さんイメチェン計画の第一段階は大成功だね。

「それじゃあ、次に行きましょうか」

私達は会計を済ませると、次の目的地であるショッピングモールに向かった。


ショッピングモールに来てまず向かったのは、眼鏡屋さんである。

荻原さんが今かけている銀縁《ぎんぶち》眼鏡も悪くないんだけど、せっかく髪形も変えたんだし、眼鏡もお洒落《しゃれ》してみようと思ったのだ。

「あ、これなんてどうですか？」

とりあえず、目についた眼鏡を片っ端から試してもらう。

こればっかりは、実際にかけてみないとわからないからね。

試着用のフレームには当然度が入っていないので、荻原さんは自分ではよく見えない。そのため似合っているのかわからないと、私に眼鏡選びを一任してくれた。

人の眼鏡を選ぶなんて初めてだけど、けっこう楽しい。

「……うん。やっぱりこれが一番似合いますね」

いくつかの眼鏡を試着してもらった末、私は黒縁《くろぶち》の眼鏡を手にとった。

スクエアタイプの細めの黒フレームはシンプルで、荻原さんによく似合っている。テンプルにさりげなく赤のラインが入っているのも、とてもお洒落《しゃれ》だ。

私はもう一度荻原さんにそのフレームをかけてもらい、自分のスマホで写真を撮《と》ると、元の眼鏡をかけ直した彼にスマホの画面を見せた。

「どうですか？」

「……良い、と思います。その、確かにこれが一番しっくりきますね」

「ね！　とっても恰好良いですよ」

私はそう太鼓判を押した。

結局そのフレームで眼鏡を作ってもらうことになり、店頭で視力を確認する。レンズの在庫があるので、一時間後には出来上がるそうだ。

ちょうどお昼時だったので、私達は眼鏡が完成するまでの間、ショッピングモール内の飲食店に入ってお昼を済ませることにした。

休日のお昼時ということもあって、飲食店はどこも混んでいる。

周囲には家族連れや、カップルが多い。……私達も、そんな風に思われているんだろうか？

そう考えつつ、ちらりと隣を歩く荻原さんを見上げる。髪を切ってイケメンぶりが露《あら》わになった荻原さんは、先程からちらちらと若い女性達の視線を集めていた。

（ふふ、私がプロデュースしたんだよ〜）

ちょっぴり自慢に思っていることは、荻原さんには黙っておこう。

比較的待っている人が少ないパスタのお店の列に並び、十分ほど待ったところで席に案内される。

荻原さんが和風パスタセット、私が日替わりランチセットを頼んでから、このあとの予定を確認した。

「お昼を食べたら、眼鏡を受け取って、服屋さんを見て回りましょうね」

「はい。よろしくお願いします」

荻原さんは深々と頭を下げる。

(ん〜、ちょっと硬いなあ……)

なんだか仕事をしているような気分になるというか。

まあ、知り合って間もないし、教授する側とされる側ならこれくらいの距離間でいいのかもしれないけど、やや堅苦しいなあとも思うわけで。

(あ、そうだ)

思いついたことがあり、私は荻原さんに提案してみる。

「荻原さん。せっかくこうして二人で出歩いてるんですし、ちょうど良いのでデートの練習をしてみませんか?」

「……デートの練習、ですか?」

「はい。今後は私を恋人だと思って行動してみて下さい。模擬《もぎ》デートですね。そうすれば、私も具体的にアドバイスできると思うので」

恋人に見立てての模擬《もぎ》デートなんて、私の方も緊張してしまうんだけど、他に良い案が浮かばないんだからしょうがない。せいぜいボロを出さないよう、恋愛指南に徹《てっ》しないと。

「なるほど。お手数をおかけしますが、よろしくお願いします」

そう言って、荻原さんはまた深々と頭を下げる。

「ああ、そんなに頭を下げないで下さい。恋人にする態度にしては硬すぎますよ」

「あ、そうですね。すみません」

その後、私達は眼鏡を受け取ってショッピングモール内のショップをいくつか回り、荻原さんの服を何着か買い求めた。

実は、男性の服を一緒に選ぶなんて初めてで、最初はちょっと緊張していたのだ。だけど、やり始めてみるとこれがまた楽しくて、調子に乗って何着も試着させてしまった。

モデルが良いからかなあ。あれも似合う、これも似合いそうって、ついね。

(あ……)

荻原さんの服を選んでいた時、ふと隣のレディス物のショップに飾られている服が目に留まる。丸みのある袖口とスカートがとても可愛らしい、白いワンピースだ。

(うわあ、可愛いなあ……)

「……あちらのショップも見てみますか?」

じいっとそのワンピースを見つめていたら、傍《かたわ》らの荻原さんがそう口にした。

「えっ、でも……」

「今日は俺の買い物にばかり付き合わせてしまいましたから。今度は俺が斉藤さんの買い物に付き合いますよ」

「荻原さん……」

「といっても、俺に女性の服を選ぶセンスはないので荷物持ちにしかなれませんけど」

荷物持ちだなんて、そんな、させませんよ。

だけど、あのワンピースはすごく気になる。お言葉に甘えてもいい……かな？

「じゃあ、ちょっとだけ」

私はそう言って、荻原さんと一緒に隣のショップに移動した。

店員さんに頼んで、件《くだん》のワンピースを試着させてもらう。

着てみると、思った以上に着心地が良いし、手持ちのカーディガンとも相性が良さそうだ。

ただ、私にはちょっと可愛すぎる……かな？　どうだろう、これ似合ってるんだろうか……？

うーん。いまいち自信が持てない。

「どう、ですか？」

どうしても客観的な意見が欲しくて、私は試着室を出て荻原さんに感想を求めた。

「えっと……」

彼は言い淀《よど》んだあと、やけに真面目な顔で私をじっと見つめる。

（……っ）

その真剣な眼差しに、私はドキッとしてしまった。

だって、こんな風に男性に見つめられたことなんて、それこそ何年振りだって話ですよ。

そういえば、試着した服の感想を求めるのは、元カレにだってしたことがないかも。彼は「女の買い物は長くて面倒」というタイプで、付き合ってもらったこともなかった。

（女友達と買い物している時のノリで、つい聞いてしまったけど……）

荻原さん、自分の服を選ぶのすら苦手みたいだし、迷惑だったかなあ。

自分の発言をちょっぴり後悔し始めた私を見つめる荻原さんは、無言のままだ。

生真面目な彼のことだから、苦手ながらもちゃんと考えてくれているのかもしれない。そう思うと、さらに申し訳無い気持ちになる。

「あの、やっぱり――」

「すごく、可愛いです」

「えっ！」

前言を撤回しようとした私に、荻原さんは予想外の言葉をかけてくれた。

（かっ、かわっ⁉　可愛いって、言われた……）

まさかそう言ってもらえるとは思っていなかったので、私は動揺する。だって、そんなことを言う人に見えないから！

それに、真顔で言われる「可愛いです」の破壊力は凄《すさ》まじかった。

もしかしたら他に言葉が浮かばなくて言っただけのお世辞かもと思いつつも、無性に照れてしまう。

焦る私に、荻原さんは真顔のまま言葉を続けた。

「とてもお似合いですよ」

「……………」

店員さんなら必ず言ってくれるありふれた言葉でも、荻原さんが言うと重みが違うように思えるのは何故だろう。

たぶん、彼が苦手なりに一生懸命考えて言ってくれた感想だったからだ。

それに、正直すぎるほど正直な荻原さんなら、似合わない服はきっぱり「似合いませんね」とか言いそうだし。

ということは、彼は本心からこのワンピースが似合っていて、「すごく可愛い」と思ってくれているわけで……

(う、うわあああああ……!)

まさか、指南役の私の方がこんなにドギマギさせられるなんて……

ううう、実際の恋愛経験が少ない分、こういう耐性が低いのかもしれない。

そう思いつつ、私はこのワンピースの購入を決めた。


その後も二人で何店舗かショップを回り、私達は待ち合わせた駅に戻る。

結局、あのワンピースの他にも、自分用に何着か買ってしまった。だって、欲しかった服が安くなってたから、今を逃したらと思って。

さんざん試着させた上に私の買い物にも付き合わせてしまったので、荻原さんはさぞお疲れだろう。ちょっと調子に乗りすぎちゃったなあ……

「今日はあちこち連れ回してしまってすみませんでした」

別れ際、私は荻原さんに謝罪した。

「いえ、そんなとんでもない。こちらこそ、今日はありがとうございました。自分では服をどう選んでいいかもわからなくて。今日は斉藤さんのおかげで良い買い物ができました。本当に感謝しています」

そう言って、荻原さんは再びきっちり四十五度のお辞儀をする。

ああ、また人目が……

「お、お力になれたのなら良かったです」

結局、最後まで荻原さんの硬さは抜けなかったなぁ。

あと、模擬《もぎ》デートとして恋愛アドバイスをするはずが、結局後半は私が買い物に夢中になっちゃって、それらしいことはあまりできなかったんだよね。要反省だ。

こういう時、私が本当に恋愛上級者だったらもっと上手くやれたんだろうか。

ま、まあ、恋愛指南もまだ一回目。功を焦らず、着実に進めていこう。

「それで、次回なんですが、もう一度模擬《もぎ》デートをしてみませんか？」

私はさっそく次の恋愛指南プランを荻原さんに提示する。

今回の外出の目的は、あくまで荻原さんのイメチェンがメインだったからね。

私を恋愛相手に見立てて模擬《もぎ》デートをするっていうのは、なかなか良いアイディアだと思うので、次はそれをメインに恋愛指南をしようと考えているんだ。というか、今のところそれしか良いやり方が浮かばないし。

「はい。よろしくお願いします」

「こちらこそ。では、荻原さんに一つ宿題があります」

そして、もう一つのアイディアを荻原さんに告げる。

「次回のデートは、荻原さんから誘ってほしいんです。もちろん、私を恋人だと思ってやって下さいね。あと、プランも荻原さんが考えて下さい」

「えっ」

荻原さんは驚いた顔を見せる。

うーん、いきなりハードル高いかな？　でも、荻原さんはこれまでも彼女とデートしたことはあるんだよね？

もしかして、誘うのもプランを考えるのも彼女任せで、荻原さんからした経験はなかったとか？

「えっと、そんなに構えなくていいんですよ。荻原さんが恋人をどうデートに誘うのかとか、どんなデートプランを考えるのかを見て、それを元にアドバイスしたいだけなので」

そう説明すると、荻原さんは納得した様子で頷いて、それからやけに真剣な顔で「努力します」と言った。

努力って……

デートプランを考える、デートに誘うだけでこの構えよう、この人は一体これまでどんなデートをしてきたのだろうと、私はちょっぴり不安に思ったのだった。

四

荻原さんがデートのお誘いメールをよこしてきたのは、イメチェンから二週間後の夜のことだった。

（……思ったより時間がかかったな……）

入浴後、メールに気付いた私は濡《ぬ》れた髪をタオルで拭《ふ》きながらスマホを確認する。

『お世話になっております、荻原です。先日のご提案の件ですが、今週の日曜日にお時間をいただいてもよろしいでしょうか？』

……って、業務的だな～。仕事じゃないんだから、恋人に見立てた相手に送るメールに「お世話になっております」はないでしょう。

（まあ、荻原さんがいきなり砕けたメールを送ってきても、それはそれでびっくりだけど）

とりあえず、提案された日曜日に予定は入っていなかったので、私は了承のメールを送る。文面の硬さを指摘するのは、次に会った時でいいだろう。ダメ出しポイントその一だ。

すると数分後にはお礼の言葉と、具体的な待ち合わせ場所や時間の提案がきた。特に問題はなかったので、私はさらに了承のメールを送る。

そういえば、荻原さんからのメールには行き先が書かれていなかったけど、どこに行くのかな？

（当日のお楽しみってこと？　それとも、まだ行き先に迷ってるとか？）

行き先によって服を選ぶ基準も変わるので、できれば先に知っておきたい。でも、まあ服装に注意が必要な場所なら荻原さんだって事前に教えてくれるだろう。

サプライズにしたいと思っている可能性だってあるし、これをダメ出しポイントその二にするかは微妙なところだ。

（んー、どんなデートプランなんだろうなあ……）

私はどさりとベッドの上に寝転がった。デート、デートか……

大学時代の彼氏とは、カラオケに行くことが多かったな。

相手がカラオケ好きだったこともあるけど、密室で二人きりになると何かと向こうからのボディタッチが多かったし、今思えば下心があったんだろう。あわよくばここで……と考えていたのかもしれないと思うとゾッとする。初体験がカラオケ店とか、嫌だ。

もっとも、当時の私はそれに気付かず呑気《のんき》に彼氏の歌を聞いていたんだけどね。接触されてもすぐ恥ずかしがって離れていたし、そういうことが積み重なって……って、ああ、やめやめ。過去のろくでもない記憶を呼び起こすのはやめよう。

どうせ思い描くなら、苦いエピソードよりも心ときめくような甘いストーリーがいい。

たとえそれが虚構のものであったとしても、幸せな気持ちになれるのだからいいじゃないか。

（久しぶりに、あのシリーズを読み返そうっと。恋愛指南の勉強にもなるしね）

そうして私はいそいそと、自分の本棚から愛読している恋愛小説のシリーズを抜き出してきたのだった。

あっという間に時はすぎて、約束の日曜日になった。

結局、行き先はわからないままだったので、お気に入りのワンピースとパンプス姿で待ち合わせ場所に向かう。

今回の待ち合わせ場所は、私のマンションの最寄り駅だ。前回待ち合わせた駅よりこちらの方が今日の目的地に近いということで、荻原さんから指定されたのである。

荻原さんと出かけるのは今日で二回目。それでもやっぱり、待ち合わせ場所に向かうまでの時間はちょっと緊張してしまう。

(あ、また先に来てる)

待ち合わせ場所には、今回もすでに荻原さんの姿があった。

この間と同じように姿勢正しくピンと立ち、文庫本を読みながら私を待っている。

前回と違うのは、スーツ姿ではなく私服姿だということと、イメチェンしてイケメンぶりが露《あら》わになった彼が、周囲の注目を集めていることだろうか。

うん、わかるよ。荻原さん、恰好良いもんね。

(……私、今から模擬《もぎ》とはいえあの人とデートするんだよなぁ……)

って、いやいやいや！　何をドキドキしてるんだ自分！

私はあくまで先生で、荻原さんは生徒！

実体験が少ない上に、漫画や小説の知識を寄せ集めただけのなんちゃって指南役だけど、引き受けたからにはちゃんとするって決めたんでしょう？　なら、きちんと全《まっと》うしないと。

私はぺちぺちと自分の頬を叩いて気合を入れ直し、荻原さんのもとへ早足に進む。

「荻原さん、お待たせしました」

そう声をかけると、荻原さんは持っていた文庫本を鞄《かばん》にしまい、答えた。

「いえ、俺も今来たばかりですから」

（よし！）

この間アドバイスしたことをしっかり守っていますね。

よくできました、という気持ちを込めて微笑むと、それが伝わったのか荻原さんもホッとしたような顔を見せる。

「この間一緒に買った服を着てきたんですね」

そうそう、荻原さんが着ているのは前回、私がコーディネートした服だった。

「はい、さっそく。……あの、どこかおかしいでしょうか？」

荻原さんは不安げに尋ねてくる。

私は彼を安心させるため、笑顔で太鼓判を押した。

「いえいえ！　とってもよくお似合いですよ」

「ありがとうございます」

そう言って、嬉しそうに微笑む荻原さんを見ていると、私も嬉しくなる。

私も、あの日荻原さんと一緒に買ったワンピースを着てくればよかった。そうしたら、今の私みたいに荻原さんも喜んでくれたかな……なんて、ちょっぴり恥ずかしいことを考えてしまう。

「それで、今日はどこへ連れて行って下さるんですか？」

「……それは、着いてからのお楽しみということで。俺の好きな場所なんですが、気に入っていただけたら嬉しいです」

ほうほう、やっぱり目的地はサプライズなんですね。

「楽しみです」

あれこれ想像しつつ、私は笑顔で頷いたのだった。


私は荻原さんに案内され、電車に乗って目的地の最寄り駅へ向かった。

そこから徒歩で十分ほどの場所が、今日のデートの場である。

「えっと、ここは……」

辿り着いた先で大きな建物を見上げ、私は呟《つぶや》いた。

「博物館です」

「博物館……」

（ううーん。正直言うと私、博物館とかまったく興味ないんだよなあ……）

むしろ苦手な部類だ。

中学高校時代、授業の一環で地元の博物館に見学に行ったけど、退屈で退屈で、学芸員さんの話を聞くのも苦痛だったっけ。

「今、特別展で面白い企画をやっているんですよ。普段は秘仏《ひぶつ》とされ、なかなか見ることができない仏像が、特別に展示されているんです」

（ぶつぞう……）

内心困り顔の私とは裏腹に、荻原さんは少し興奮した様子で特別展のポスターを指差す。そこに写っているのは古い仏像だ。……うん、ごめんなさい、私にはよくわかりません。

とにもかくにも、私は荻原さんに連れられて博物館に足を踏み入れた。

まずは入り口でチケットを買うらしい。自分の分は自分で払おうとお財布を出したけれど、荻原さんが「誘ったのは自分ですから」と私の分も払ってくれた。

その後、本館へ向かう。この博物館は、広大な敷地内に複数の展示施設があるのだとか。「自分の好きな場所」と言うだけあって荻原さんは何度も訪れているのか、解説しながら案内をしてくれた。

「あの本館は、日本伝統の木造建築をコンクリートに置き換えた和洋折衷《わようせっちゅう》建築で……」

「へえ～」

荻原さんは、他にも詳しい説明をしつつ博物館を案内してくれた。

すごいなあと思いながら、私はふんふんと相槌《あいづち》を打つ。こんなに饒舌《じょうぜつ》な荻原さんは初めて見たかもしれない。

博物館の本館には、縄文時代から江戸時代まで、各時代を彩《いろど》る美術品が展示されていた。

これまた荻原さんが解説してくれたので、色々と勉強になった。

学生のころにはちっとも魅力を感じなかったものでも、大人になって見てみるとけっこう面白いと思えるもんだね。隣で丁寧に教えてくれる人がいるからかな。

それに、綺麗なものを見ると単純に心が躍《おど》る。

「あれは重要文化財に指定されていて……」

荻原さんが、大きな屏風《びょうぶ》を指差す。

長い年月を経て色褪《いろあ》せてしまっているけれど、それでもなお人の心に訴えかけてくるものがある、そんな屏風《びょうぶ》だった。

(綺麗だなあ。こんな単純な感想しか出てこないのが、ちょっぴり申し訳無いけど……)

そうやって本館を一通り見て回ったあと、私達は隣にある別館へと移動した。

ここは常設の考古学展示室と、特別展を開催している特別展示室があるそうだ。

まずは考古学展示室を見てから特別展示室に行くらしいのだが、……うん。先に見た日本の美術品は面白いなあ、綺麗だなあと思えたんだけど、考古学展示室で展示されている出土品やら何やらは、私にとってちんぷんかんぷんな代物だった。

解説のパネルもあるし、荻原さんが丁寧に教えてくれるから概要はわかるんだけどね。

特別展示の仏像も同じ。仏像の歴史や造形の美しさに魅力を感じる人達も多いのは理解できても、私は「なんかすごいなあ」と思うだけだった。語彙力《ごいりょく》がなくてすみません……！

荻原さんがせっかく熱心に解説してくれているのに、自分はその厚意に応えきれてないんじゃないかって申し訳無くて、居《い》た堪《たま》れなかった。

それとこの博物館、とにかく広いんですよ。そして当然ながら、私達はそこをひたすら歩き回っているわけで……

（……やばい。足、痛い）

ヒールのあるパンプスを履いてきたのが間違いだった。

私は足の痛みを堪えながら、なんとか荻原さんの解説に耳を傾ける。

だけど頭の中では「早くどこかに座って休みたい」とばかり考えていて、彼の言葉にも仏像にも集中できずにいた。


そんなこんなで、特別展を見終わるころには、私はすっかり疲れていた。

足、痛い。休みたい。だけど、楽しそうに館内を案内してくれる荻原さんには言えなかった。

だって、子どもみたいに目をキラキラ輝かせながら展示品を見てるんだもん。

それに、私がもっと歩きやすい靴を履いてくればこんなことにはならなかったんだよね。

あああ、お洒落《しゃれ》重視でこの靴を選んでしまった私の馬鹿……！　そう思いつつ、私は荻原さんに案内されるまま、違う建物へと向かった。

また展示を見るために歩き回るのかな、とちょっぴりげんなりしたけど、着いた先は一階にあるレストランだった。

ちょうどお昼の時間になったので、休憩がてらここで食事をとるらしい。

やった！　休める！

（へぇ……、博物館の中にレストランがあるんだ）

私は少しの驚きとともに店内を見回した。

ガーデンテラス席もあって、明るく開放的な空間だ。ようやく座って休めるとあって、沈んでいた気持ちが浮上する。

（ふう……）

私達は空《あ》いていた席に座り、それぞれ食べたいものを注文して一息吐いた。

こうして座れたことに心底ホッとする。

あー、楽ちん楽ちん。

まさか行き先がこんなに広い博物館だと思わなかったからなあ。もっとヒールの低い靴か、スニーカーを履いてくればよかったとしみじみ思う。

ほどなく、私達の席にアイスティーとアイスコーヒーが運ばれてくる。喉《のど》が渇いていたので、食事の前に持ってきてもらうよう頼んでいたのだ。

私はアイスティーのストローに口をつけ、ごくごくと飲んだ。ぷはあ、美味《おい》しい。

たくさん歩き回ったあとの冷たい飲み物、沁《し》みるねぇ。

「……あの、すみませんでした」

すると、何故か突然荻原さんが謝罪の言葉を口にした。

「えっ？　ど、どうしたんですか？」

「今日は、一方的に俺の趣味に付き合わせてしまって……。その、退屈でしたよね」

「えっ」

すぐさま「そんなことないですよ」と笑顔で否定するべきだったんだろうが、私はつい苦い顔をしてしまった。

疲れていたから、咄嗟《とっさ》に笑顔を取り繕《つくろ》えなかったのだ。

（うむむ……）

少し悩んだ私だったけど、決意した。これは恋愛指南。そのための模擬《もぎ》デートだ。

私がすべきことは、おべんちゃらを言ってこの場を誤魔化すことではなく、正直に感想を話して改善点を指摘することではないのか。

（……うん。荻原さんが気を悪くしてしまうかもしれないけど、ここは正直に話そう）

「……すみません。ええと、展示品が素晴らしいことはよくわかりましたし、荻原さんの説明もとても丁寧で、勉強になりました。でも、女性がみんな楽しめるようなデート先ではないかな……と」

私は言葉を選びながら、荻原さんに伝える。

「……そう、ですよね」

「あと、できれば行き先は教えておいてほしかったかなと。ほら、けっこう歩き回るでしょ？　靴によっては、なかなかしんどい時もあるかもしれませんし」

私も足が痛くなっちゃったし。女性なら、デートでお洒落《しゃれ》重視の靴を選ぶ人は多いと思うんだ。

だから、歩き回るような場所なら事前に教えておいてほしいかなって。

それに靴だけじゃなくて服も、やっぱり行く場所によって変わるしね。

「まったく気付きませんでした。すみません……」

うわあああ、あんまり落ち込まないで！

そんなシュン……とされたら、罪悪感に胸が締め付けられるから！

「す、すみません！　あ、そ、そうだ！　たとえば相手の女性が荻原さんと同じ趣味なら、ここでのデートもありだと思うんですよ！」

むしろ私がそれを想定して、同じ趣味の女性という設定で恋人役を演じるべきだったかな!?

もしかしたら、歴代の彼女は同じ趣味だったのかもしれないし。

考えが足りなかったのは私も同じだ。

それに、どこに行くのかなんて私から聞いたって良かったんだよね。

「ですが、今日付き合って下さったのは斉藤さんです。配慮が足りなかった上につまらない思いをさせてしまって、本当に申し訳ありませんでした」

そう言って、荻原さんは深々と頭を下げる。

わあぁ、待って！　周りが何事かとこちらを見ているから、もう頭を上げて！

「つまらなかったわけではないんですよ！　私も考えが足りませんでしたし。だから荻原さんが謝る必要はありません。それよりほら、アイスコーヒー飲みましょう、ね？」

私は必死で荻原さんに謝罪をやめさせ、アイスコーヒーを勧めた。

いつの間にか、顔が熱くなっている。私も自分のアイスティーを飲んで落ち着こう。ふう……半分ほど飲み干したグラスの中で、氷がからんっと音を立てて揺れる。涼《すず》しげなその音に、気持ちが少し落ち着いた気がした。

視線を前に向けたら、同じくアイスコーヒーを飲み終えた荻原さんがじっと私を見つめていた。それに気付いて思わず視線を逸《そ》らしてしまう。

「っ！」

び、びっくりしたぁ。だって、あんまりにも真剣な顔でこっちを見つめているんだもん。

たぶん私の言葉を待っているだけなんだろうけど、その視線の強さに、クールダウンしていた熱が再び上がりそうになる。

うう、私ってばすっかり異性に対する耐性が下がっちゃってるんだな。じっと見つめられただけで狼狽《ろうばい》しちゃうなんて……

荻原さんには今の動揺、気付かれてない……よね？

私はコホンと咳払いして、話を再開した。

「……と、ところで、荻原さんが今までお付き合いされた方は、荻原さんと同じく博物館がお好きだったんですか？　ここにもよくデートで来られたことがあるとか」

私が知っている荻原さんの元彼女は、例の二股したというみなさんのみだが、どうだったんだろう？　なんとなく、こういう場所に来るような人には見えなかったけど。

「いえ、そういった人は一人も……。ここへ誘ったことはあるんですが、断られてばかりで」

（ふーん。それならなおのこと、荻原さんは同じ趣味の女性に狙いを定めた方がいいかもね）

館内には意外と若い女性客がいたし、昨今は仏像に夢中な女性も多いと聞く。

そういう女性となら、博物館デートも楽しめるんじゃないかなあ。

これぱっかりは、相手が私でごめんなさい、とこちらが謝るべきところかもしれない。

私が考え込んでいると、荻原さんが口を開く。

「……俺は、女性と何を話していいかわからなくて。一緒にいるとよく無言になってしまうんですが、ここでなら、話題が尽きないと思ったんです」

ああ、なるほど。確かに館内での荻原さんは饒舌《じょうぜつ》だった。話の内容はほぼ展示品の解説だったけど、それは荻原さんなりになんとか会話をしようとした結果だったのか。

その努力がいじらしくて、私はついくすっと笑ってしまう。

「すみません。興味のないことを一方的に聞かされ続けても困りますよね」

「い、いえ！　色々なお話が聞けて、勉強になりましたよ」

これは本当だ。確かに展示物の中には興味のないものもあったけど、美術品は綺麗だなあと感じたし、足が痛くなるまでは純粋に楽しめていた……と思う。

私がそう言うと、荻原さんは少しだけホッとした顔を見せた。それからぽつぽつと、過去に「一緒にいてもつまらない」とフラれたことや、「真面目なところが重い」「冗談が通じない」「あんまり笑ってくれないから怖い」と言われたこともあるなど、苦い経験を話してくれた。

ずいぶん色々言われてきたんだなあ……

（ううーん……）

私はグラスに残った氷をストローで弄《もてあそ》びながら、考える。

この人にどんな言葉をかけたらいいのか。どうやって、恋愛指南をしていけばいいのか。

今まで読んできた恋愛漫画や小説の知識と、なけなしの経験をフル動員する。

酔っ払った私が安請け合いしてしまったことから始まったこの恋愛指南。だけど、自分なりに頑張ろうと努力しているこの人を助けてあげたいと、心から思ったのだ。

現実の恋愛から遠ざかっていた私が、まさか人様の恋愛のために尽力する羽目になるなんてね。

本当、人生ってやつは何があるかわからないものだ。

「とりあえずですね、女の人との会話は、回数をこなして慣れていきましょう。私がお付き合いしますし、大丈夫ですよ。なにも、今すぐお喋《しゃべ》りな人にならなくちゃいけないわけじゃありませんから。気負わず、ゆっくり慣れていきましょう」

私はにっこりと笑い、「大丈夫だ」と断言する。根拠や自信があるわけじゃないけれど、先生が不安がっていたら、生徒も不安に思うからね。

荻原さんの前では、経験豊富な余裕のある恋愛上級者になりきるのよ、楓……！

「それから、荻原さんの真面目さは美徳だと思います。ただ、女性達の言い分もわからないではないんです。女性はその……男性のちょっと不真面目な部分や危険な部分に魅力を感じることがあるので」

恋愛漫画や恋愛小説でもそうなんだよね。

かといって、荻原さんに不真面目なチョイ悪男になれなんて言うつもりはない。

「だから、美点はそのままにギャップを狙っていきましょう！」

「ギャップ……ですか」

「ええ。仕事はもちろん、普段も真面目でいいんです。だけど、恋人と遊ぶ時はしっかり楽しむ。時にはちょっと羽目を外すのもいいですね。そこで、荻原さんの普段とは違う面を見せて相手をときめかせるのです！」

「ときめかせる……」

「はい。女性はギャップに弱いので」

荻原さん、ギャップ萌えの素質はあると思うんですよ。かくいう私も、前回の初指南ではドキッとさせられたからね。

「普段は真面目な荻原さんが、ここぞという時に笑顔を見せたり、相手をドキッとさせる甘い仕草や甘い言葉を使ったりすれば効果は大だと思います。まあ、それは追々《おいおい》お教えしますので」

まだ具体的なプランは立っていないのでね。今話しているのは、あくまで今後の大まかな方針と思っていただければ。

「あ、そうそう。展示品のことを話している時の荻原さんは、好きなものに夢中な少年みたいで、ちょっと可愛かったですよ」

「えっ」

あれは展示品以上に、一見の価値があったかもしれない。

相手の意外な一面を知っていくのは、恋愛の定石《じょうせき》だと思いますし。

「ああいうのも、女性をときめかせるギャップですね」

「そ、そう……なんですか？」

戸惑っている様子の荻原さんに、私はさらに強気でぐいぐいと押していく。

「はい！　あんまり笑ってくれないから怖い、なんて言葉もそこまで気にしなくていいですよ。いつもニコニコ笑ってなくたって、ここぞという場面で微笑むだけでいいんです。それも——」

「ギャップ、ですか？」

「その通り。あ、料理きましたね」

話がひと段落したところで、タイミング良く注文したメニューが運ばれてきた。

私はグラタンのセット。荻原さんはビーフストロガノフのセットだ。

焼けたチーズの香ばしい匂いが、食欲を刺激する。

さっそく一口分掬《すく》ったそれをふうふうと冷まして、ぱくりと頬張った。

「ん～！」

熱い！　けど、すごく美味《おい》しい！

(うん)

足が痛くなったり疲れたりもしたけど、荻原さんの趣味や意外な一面を知ることができたし、今後の方向性も決まった。恋愛指南の序盤としては、まずまずの成果だったんじゃないかなあ。

私は熱々のグラタンをふうふうはふはふと口にしながら、そう思った。

ランチを食べ終えたあと、今日のデートはお開きとなった。今、私と荻原さんは駅に向かっている。

博物館内にはまだ見ていない展示施設もあったんだけど、荻原さんがこれ以上付き合わせるのは申し訳無いと気遣ってくれたのだ。うん、返す返すも力不足でごめんなさい。

美味《お》しい《い》ランチで気力は回復したけど、足の痛みが綺麗さっぱりなくなったわけではないので、正直助かりました。

いつか、荻原さんが一緒に楽しく博物館デートができるような、素敵な恋人が現れるといいな。

そのためにも、私は恋愛指南役を精一杯務めさせてもらおう。

帰ったらまた蔵書をひっくり返して、女性をときめかせる仕草や言葉を研究しなくっちゃ。あ、帰りに本屋さんを回って新しい本も仕入れておこうかな。駅構内の本屋さんに寄るくらいなら、足ももつだろうし。

経験不足は知識で補《おぎな》わないとね。頑張るぞ！

そう考えている間に駅に着いた。すると、荻原さんが私に頭を下げる。

「今日は本当にありがとうございました」

「いえいえ、こちらこそ。あ、そうだ。荻原さんに次の宿題を出してもいいですか？」

私は別れ際、再び荻原さんに宿題を出した。

「今日のデートを教訓にして、今度は『二人で楽しめるデートを考える』ってのはどうでしょう？」

「二人で楽しめるデート……ですか」

「はい」

今回のデートは、荻原さんの趣味に合わせたものだった。

だけど片方が楽しくても、片方が楽しくないんじゃデートとしては失敗だ。

だから次回は「二人で」楽しめるデートプランを考える。ちょっと難しいかもしれないけど、失敗したって今度はそれを教訓にしてまた考えればいい。

「あまり気負わずに、気楽に考えて下さい。それじゃあ、お誘いのメール待ってますね。あ、そうそう。荻原さん、メールの文面ちょっと硬すぎですよ。業務メールじゃないんだから、『お世話になっております』はいらないです」

「す、すみません」

「これまで彼女さんに送ってきたような感じでいいんですよ。それじゃあ、また」

「はい、また。よろしくお願いします」

さてさて、荻原さんはどんなデートプランを考えてくれるかな？

私は少し楽しみに思いながら、荻原さんと別れ、駅構内の書店を目指して歩き出した。

五

十一月も半《なか》ばをすぎ、このごろは寒さも増してきたように思う。

そんな初冬のある日のこと。私は社長の運転手兼荷物持ちとして外回りに同行していた。

朝一番に会社を出て、社用車で神奈川にある取り引き先へ。そこで新しいアプリの打ち合わせをし、現在は次の取り引き先へ向かうため、車を走らせている。

「ちょうどいい時間だから、お昼はこの辺で食べていきましょ。私お蕎麦《そば》が食べたいわぁ」

助手席に座っている社長が、そう言いながら自分のスマホを取り出してすっすっと弄《いじ》り出した。

たぶん近くの飲食店を検索しているのだろう。

「お蕎麦《そば》か、いいですねえ」

「奢《おご》ってあげるわよ」

「やったあ、ありがとうございます！」

持つべきものは太っ腹な上司だ。ありがたくごちそうになります。

「……あ、ここにしましょ」

目的の店を決めた社長が、カーナビに住所を打ち込む。

私は何蕎麦《そば》を食べようかなあと考えつつ、音声案内に従って車を走らせた。

ほどなく、一軒のお蕎麦屋《そばや》さんへ辿り着く。道中で社長が「レビューでの評価が高かった」と言うだけあって、店は混み合っていた。

十分ほど店先で並び、店員さんの案内で座敷席へ通される。他のお客さんとの相席だったけど、私も社長も、思ったより早く座れたことにホッとしていた。

まあ、午後のプレゼンは三時からだから時間に余裕はある。とはいえ、寒い中ずっと立ちっぱなしで並んでいるのは辛い。

「ほら、好きなの頼みなさい」

社長はメニュー表を私によこし、先に決めさせてくれる。

迷った末、私は天ざる蕎麦《そば》を選ぶ。社長は鴨南蛮《かもなんばん》にした。

温かいお蕎麦《そば》も魅力的だったけど、メニューの写真にあった天ざる蕎麦《そば》の天ぷらがとても美味《おい》しそうだったのだ。

水やお茶はセルフサービスだったので、注文を済ませてから、私が二人分とりに行く。

奢《おご》ってもらうのだから、これくらいは率先してやらないと罰《ばち》が当たる。それに、秘書が社長にお茶くみをさせるわけにはいかないからね。

うちの社長はあまりそういうことは気にしない性格で、飲みたくなったら自分で淹《い》れちゃう人だし、仲の良い先輩後輩の間柄でもある。とはいえ、仕事中は節度を保たないと。

社長ご希望の温かいお茶を持って席に戻ると、彼は、はあ……とため息を吐いて言った。

「……午後のプレゼン、上手くいくかしら……」

普段は余裕の態度と落ち着いた物腰で社員を導いてくれる頼もしい社長だが、新規の取り引き先へのプレゼン前は少し弱気になってしまうことがある。

この契約がとれるかとれないかで今期の売り上げが大きく変わってくるので、そのプレッシャーもあるのだろう。営業担当ではなく社長自らプレゼンに出向くのも、それだけ今回の取り引きに懸《か》けているからだ。

「大丈夫ですよ、きっと」

こんな時、私は努めてあっけらかんと振る舞うようにしている。

もちろん、自社の技術力や、社長や営業の人達が作ったプレゼン資料を信頼しているからというのもある。それに、プレゼン前から不安に沈んでいたら、上手くいくものも上手くいかないと思うのだ。

「絶対上手くいきますから。そうしたら今度は、私がお祝いに奢《おご》ってあげますよ」

にへらっと笑ってみせると、社長は苦笑して肩の力を抜いた。

「なんか、アンタの能天気な顔見てたら肩の力が抜けたわ」

お茶の入った湯呑を両手で握りながら、社長はぽそっと「午後のプレゼンも上手くいきそうな気がしてきた」と呟《つぶや》く。

「それはよかった」

秘書の仕事は、社長や社員の仕事をサポートすること。それには、こういった精神的なフォローも含まれていると私は思っている。

だから、それを全《まっと》うできたなら何よりだ。

この会社に入ったばかりのころは、社長のお情けで入社できたんだって負い目があった。それに、自分には他の社員のようにコンピューターやプログラムに関する専門的な知識もないから、なんとなく所在がなかったものだ。

だけど、与えられた雑務をこなしているうちに、だんだんとそれが楽しくなってきた。先を読んでみんなが仕事しやすいスケジュールを組んだり、環境を整えたりすることにやりがいを見出すようになった今では、この会社で働くことができてよかったと思っている。

なんだかんだいって、私は誰かのお世話をするのが好きな性分なのかもしれない。

だから、最初は成り行きで引き受けてしまった荻原さんへの恋愛指南も、このごろはちょっと楽しく思えてきたんだよね。

次は何を教えようかとか、どう伝えようかとか、具体的なプランを考えるのも面白くなってきたし。

そういえば、先週博物館デートに行って以来、荻原さんからの連絡がないけど、私が出した宿題に手こずっているのかな。

とりあえず、前回のメールが届いたのも二週間経ってからだったたし、今回もそれくらい待つことにする。それでも連絡が来なかったら、こちらからメールしてみよう。

そう考えを巡らせながら温かいお茶を飲んでいたところ、傍《かたわ》らに置いたバッグの中でスマホが震える。

取り出して確認してみると、荻原さんからメールが届いていた。

『こんにちは、荻原です。例の宿題の件ですが、今週の日曜日はどうでしょうか？　急なお誘いで申し訳ありません。お返事、お待ちしております』

（お世話になっております、はなくなったけど……）

相変わらず業務連絡のような硬い文面のメールに、くすっと笑ってしまう。

（日曜日で大丈夫ですよ……っと）

スマホを操作してメールの返信をする。

すると、ほどなく荻原さんからお礼と待ち合わせ場所、そして待ち合わせ時間が記された返信が送られてきた。

それにも了承の返事を送ってスマホをバッグにしまうと、向かいに座る社長がニヤニヤしながらこちらを見ている。

「メールの相手、男でしょ」

な、なんでわかるんだろう。

「ニコニコしちゃってぇ。なぁに、とうとう彼氏ができたのぉ？」

「ち、違いますよ」

荻原さんは私の生徒であって、彼氏ではない。

デートの約束もしているけれど、これはあくまで恋愛指南の一環の模擬《もぎ》デートなのだ。

「あ、ほら来ましたよ、お蕎麦《そば》。うわあ美味《おい》しそう」

私は詮索《せんさく》したそうな社長を遮《さえぎ》り、運ばれてきたお蕎麦《そば》に歓声を上げる。

店員さん、ナイスタイミングです。

「もうっ、つれないわねえ。いいわよ、今度じっくり聞かせてもらうから」

「社長が思っているような話じゃありませんよ」

私は苦笑して、割り箸《ばし》をパキッと割った。

まあ、もし今後恋愛指南で私の手に負えない部分が出てきたら、社長にアドバイスを求めるのもアリかもしれない。

私以上に女心に詳しいし、フリをしているだけの私とは違って、本物の恋愛の達人だからね、この人。


そして時はすぎ、約束の日曜日。

私達はいつものように荻原さんが指定した駅で待ち合わせたあと、目的の場所に移動した。

荻原さんは、以前私が選んだ服と自前の服とを上手く合わせて着こなしていた。彼の服選びの上達っぷりには目を見張るものがある。そしてお洒落《しゃれ》をした荻原さんはやっぱり恰好良くて、私は内心、隣に並んで歩くだけでもドキドキものだった。

駅から歩いて十五分ほどで、可愛らしい外観のカフェに到着した。

（ここ……？）

店先の花壇には、さりげなくウサギや小人の人形が隠れている。

しゃがんで覗き込むと、植え込みの奥にキノコを発見！

え、生えてるの？　と思ったら、それも置き物だった。

「本物かと思った……」

「俺もです」

（わわっ……）

いつの間にか荻原さんも、私の隣にしゃがんで植え込みを覗き込んでいた。その距離の近さに思わず身を引いてしまう。

だって、荻原さんの整ったお顔が間近に……！

私は慌てて立ち上がると、動揺を隠すために口を開いた。

「か、可愛いお店ですね～」

荻原さんがデート場所にこういう場所を選ぶとは、正直ちょっと意外だった。

「女性に人気のカフェなんだそうです。ここでランチにしませんか？」

その物言いからすると、このお店は誰かに教えてもらったのかな？

女性に人気と言うだけあって、店内はほぼ女性のお客さんで埋《う》まっていた。席もすでに満席に近い。お昼にはやや早いけど、もう少し遅い時間だったら店外で待つ羽目になっていただろう。

私達は店の奥の方にある四人掛けのソファ席へ案内された。

お店の内装やインテリアはメルヘン調で統一されていて、おとぎの国に迷い込んだような気持ちにさせられる。そういうコンセプトのカフェだからか、お客さんも女性ばかりの店内で、ちょっぴり居心地悪そうにしている荻原さんを面白いと思ってしまった。

席に着くと、メイド服に似た制服を着た店員さんがメニュー表と二人分のお冷《ひや》を置いていく。

店員さんは頭に兎耳を付けていて、それを見た荻原さんがぎょっとした顔をしていたのも面白かった。

「ご注文がお決まりになりましたらお呼び下さい」

そう言って彼女がテーブルに置いたのは、小さなハンドベル。これを鳴らせば注文をとりに来てくれるのだろう。

私達はとりあえず料理を決めるため、メニュー表を覗き込む。

最初、荻原さんは私が読みやすいようにメニュー表をこちらに向けてくれたけど、私は「せっかくだから一緒に見ましょう」と、それを横向きに変えた。

幸い、メニューにはほとんど写真がついていたので、横向きでもわかりやすい。

(……しっかし、このお店ってメニュー名までメルヘンなんだな……)

『白雪姫と七人の小人の特製アップルパイ』とか、『シンデレラのカボチャのスープ～ガラスの靴を添えて～』とか。あ、ガラスの靴っていうのは、靴の形に型抜きされたラスクのことみたいだ。

迷った末、私は『赤ずきんちゃんと森のキノコのオムライスセット』、荻原さんは『ラプンツェルの黄金パスタセット』を注文することにした。それぞれのセットにはサラダと飲み物がつくらしいので、飲み物は二人ともホットコーヒーを選ぶ。

ちなみにホットコーヒーには『魔女のおばあさんの秘密ブレンド』と書かれていた。

大鍋で真っ黒いコーヒーを掻き回す怪しげな魔女の姿が頭に浮かぶ。……変なものは入ってないよね？

「……すみません」

（ん？）

注文を受けた店員さんが席を離れるなり、荻原さんが何故か私に謝り始めた。

「宿題の件なんですが、実はここでランチをする……くらいしか思いつきませんでした」

つまり、ランチのあとにどこかへ行くわけではなく、ここがメインでラストだとか。

カフェランチがメインのデートって全然アリだと私は思うんだけど、荻原さんは自分の力不足を痛感しているようだ。

「ん～。とりあえず、どうしてここを選んだか聞いてもいいですか？」

私の質問に、荻原さんがぽつぽつ答える。

「……斉藤さんとお会いする時、いつも美味《おい》しそうに料理を食べてらっしゃる姿が印象的なので、食事に行くのはどうかと思いました。結局それしか浮かばなかったんですが……。だから、良いお店はないかと雑誌を読んだりネットでグルメサイトを見たりしてみたものの、決まらなくて。そうしたら、職場の同僚が以前恋人に連れて行ってもらって楽しかったと、この店のことを教えてくれたんです。童話の世界がコンセプトのお店で、確かに女性が好きそうだなと思いました。メニュー数も豊富でしたし。あ、グルメサイトでも確認したんですが、料理の評価も高かったんです。書き込みのレビューも一通り読んで、これなら気に入っていただけるのではないかと」

思っていた以上にちゃんと、いや、すごく考えて選んでくれたんだな。

それにしても……

「ふはっ」

真剣な様子で滔々《とうとう》と語る荻原さんが面白くて、私は思わず噴き出してしまった。

だって、一度にこんなにたくさん喋《しゃべ》る荻原さん初めて見た。

「あ、あの……」

何か不備がありましたか？　と、荻原さんは不安そうに尋ねてくる。

ふ、不備って。相変わらず真面目すぎるというかなんというか。

でも私、荻原さんのこういうところ、けっこう好きかもしれないなあ。

「す、すみません。突然笑っちゃったりして」

私は笑いの波を堪え、お冷《ひや》を飲んで気を取り直す。

生徒が頑張って宿題を解いてきたんだから、先生もちゃんと答えないと。

「宿題のこと、とても真剣に考えて下さったんですね。嬉しいです。このお店も、こういうところに来るのは初めてですが、楽しい雰囲気だなあと感じますし、教えてもらえて良かったと思ってます」

まだ料理は食べていないけど、他のメニューも気になるので、美味《おい》しかったらまた来たいなあと思っている。今度は社長と来てみようかな。あの人、こういうメルヘンな可愛さが大好きだから。

それに、まさか荻原さんがこんな可愛い店を選ぶとは思っていなかったので、ちょっとした驚きもあった。これもある意味ギャップ狙い成功、かな。

その上で、私は荻原さんに謝らないといけないことがある。

「すみません！　実は今回出した宿題、ちょっぴり無理があったなあって、あとから気付いたんです」

「えっ」

そうなのだ。出した当初は「良いアイディア！」なんて思ってたんだけど、よくよく考えてみると、宿題をこなすために必要な情報が足りないのだ。

しかも、それに気付いたのが昨日の夜なんだから、我ながら抜けている。

「荻原さん、ここでランチをする以外に案が浮かばなかったって仰《おっしゃ》いましたよね。当然です。だって、荻原さんは私がどんなものが好きで、どんなことが好きで、どういう場所に行きたいと思っているか、全然知らないでしょう？」

なのに「二人で楽しめるデートプランを考えろ」なんて、無茶ぶりもいいところだったよね。

「本当にごめんなさい。相手の趣味や嗜好《しこう》を知らなければ、計画も立てようがないのに。今回荻原さんは、私が美味《おい》しいものを食べることが好きってくらいしか情報がなかった。だから、他にどんな場所に行けばいいのか、どんなことをすれば私が喜ぶのかわからなかった。そうでしょう？」

「はい。仰《おっしゃ》る通りです」

私は心底申し訳無いと思いながら、彼に頭を下げた。

「だけど、数少ない情報の中でこの店を――食べるのが好きな私が楽しめそうな店を選んでくれたことは、とても嬉しかったです。ありがとうございます、荻原さん」

私が出した無茶な宿題に、荻原さんは最大限応えてくれた。

だから私も、今回の失敗を活かして彼の糧《かて》になるようにしないと。

「今回の件で私も実感したんですが、相手のことを知るのって、とても大切ですよね」

たとえばこのお店だって、私はこういう雰囲気も好きだけど、この手の可愛らしさが苦手！　という女性もいる。

そんな相手をただ「女性に人気だから」って理由でここに連れて来たって喜ばれない。

そう噛《か》み砕いて説明すると、荻原さんは納得したように頷いた。

「なるほど……。確かに俺も、斉藤さんのお好きなものがわからなくて、店選びに苦労しました」

あああ、本当にごめんなさい！

私は申し訳無さを感じつつ、さらに言う。

「恋人と一緒に楽しむには相手の好きなものを知る必要がある。そのためには、やっぱり相手とのコミュニケーションが大事だと思うんです。まずはそこから始めるべきでした」

「コミュニケーション……」

「荻原さんは以前、女性と何を話していいかわからないって仰《おっしゃ》ってましたよね」

「はい。正直……女性に限らず、人と話すこと自体が苦手です」

荻原さんの堅苦しい物言いも、その表れなのかもしれないなあ。

とにかく相手を不快にさせないために、失礼のないよう丁寧な物言いになってしまうのは、誰にでもあることだ。

「相手をさりげなく観察したりするのも人となりを知るには有効ですが、やっぱり会話から得られる情報は多いですからね」

私の言葉に、荻原さんは困ったような表情を浮かべる。

「そう……ですよね」

あはは、よっぽど苦手なんですね。もう、そんな不安そうな顔しないで下さい。

「心配しなくても、いきなり『今すぐお喋《しゃべ》り上手になれ』なんて言いませんから」

大丈夫ですよと、私は安心させるように重ねて言う。

半分は、自分にも言い聞かせるためだ。

「焦らず、少しずつ慣れていきましょう」

私も、また失敗しちゃうかもしれない。

だけどゆっくりと、その時最善だと思うことをしていけばいいんだよね、きっと。

失敗したら、それを教訓にまた違う方法を考えればいい。

間違ったらそこで全部が台無しになるわけじゃないんだから。

「相手のことも、いきなり全部を知ろうとするんじゃなくて、ちょっとずつ知っていこうとすればいいんです。それは、そんなに難しいことじゃありません。荻原さんと会うのは今日で四回目ですが、その間に荻原さんは私が『美味《おい》しいものを食べるのが好き』だってこと、ちゃんと知ってくれたじゃないですか」

「斉藤さん……」

「相手の好きなものや好きなことを知れば、相手が喜んでくれるデートプランも選択肢が広がります。あ、相手を喜ばせるのも大事ですが、その中で自分も無理せず、一緒に楽しめるプランを選ぶのも忘れないで下さいね」

これは恋愛関係に限ったことではないかもしれない。

恋人でも友人でも、相手を喜ばせるために自分が無理していてはいずれ限界が来るし、その逆もしかりだ。

相手を知って、一緒に楽しい時間を過ごせるかどうかを考える。つまり、相性が良いかどうかを知るってのが、大事なんだよね、きっと。

(まあ、恋愛漫画や小説では、ヒロインとヒーローは最初から相性が最高に良い場合が多いけど。現実では実際に付き合ってみないとわからないことって多いんだよねえ)

知っていくうらにどんどん好きになっていく場合もあるし、逆に、だんだんと自分には合わないかなって思うようになる場合もあるだろう。

「というわけで、これからは練習として私となるべく会話するようにしてみましょう。あ、荻原さんは食事中にお話しするのを嫌だなって思うタイプですか?」

「いいえ。自分から話すのが苦手なだけで、話しかけられることについては、食事中でもあまり気になりません」

「それは良かった」

それじゃあさっそく、今日はランチを食べながら色々お喋《しゃべ》りしてみましょうか。

タイミング良く料理も運ばれてきましたしね。

「お待たせいたしました〜」

「わあ、美味《おい》しそう」

私の前に置かれたのは、トマトソースがたっぷりかかったオムライス。普通のオムライスだけど、トマトソースの赤を赤ずきんちゃんとかけているっぽい。森のキノコというのは、オムライスの周りを囲むキノコのソテーのことだろう。メニューの写真で見てわかっていたものの、名前がメルヘンなだけで料理の盛り付けは普通だ。

荻原さんが頼んだ『ラプンツェルの黄金パスタセット』も普通のカルボナーラだった。小麦色のロングパスタをラプンツェルの髪に見立てた……のかな？

お皿から正面に視線を移す。すると、荻原さんは両手を合わせて小さく「いただきます」と言ってから、フォークとスプーンを器用に操って食べ進めていく。

前から思っていたけど、荻原さんは食べ方がすごく綺麗だ。常に姿勢が良くて、お箸《はし》やカトラリーの使い方も上手だし、食事作法のお手本のようで、見ていて感心してしまう。私も見習いたいな。

「荻原さんて、なんというかその、とてもお行儀が良いですよね」

思ったままを口にすると、荻原さんは食事の手を止め、何故か苦々しい表情を浮かべる。

褒《ほ》めたつもりだったんだけど、気に障《さわ》ったのだろうか。

もしかして言い方が嫌味っぽかったかな？　大人の男の人相手に「お行儀が良いですね」は失礼だったかも。

私は内心で慌てながら、言葉を重ねる。

「えっと、その、食べ方が綺麗だなと思って」

「…………そう、ですか。すみません。以前、俺のこういうところが堅苦しくて嫌だと言われたことがあって」

「えっ」

お行儀が良いのが堅苦しくて嫌？　なんだそれ？　私は首を傾げてしまう。

荻原さんの話によると、それを言った相手は元彼女で、向こうから告白されて付き合い始めたそうだ。しかし、食事の所作以外にも料理や洗濯、掃除なんかの家事をきっちりこなしているところも嫌だと言われ、一方的に別れを突きつけられたらしい。

ああ、そういえば荻原さんのお部屋って男の一人暮らしの割には綺麗に整ってたし、料理もきちんとしてて、とっても美味《おい》しかったなあ。

私は彼の部屋で食べた朝食の美味《おい》しさを思い返しながら、もぐもぐとオムライスを咀嚼《そしやく》する。あ、ここのオムライスも大変美味《おい》しいですよ。

「自分も、もっとちゃんとしなければならないと強制されているようで、息苦しいと」

「はあ……」

つまり、女である自分よりきちんとしている荻原さんを相手に、勝手にプレッシャーを感じたってこと？

ううむ……。相手のお行儀の良さに我が身の不徳を思い、引け目を感じる気持ちはわからないでもないけど……

（なんだかなあ）

私としては、そんなの勝手だと言いたい。だけど、言われた荻原さんの方はけっこう気にしているらしく、真剣に悩んでいる様子だった。

わかるよ。私も、元カレに言われたことを未《いま》だに引きずっているもん。

「自分では特に意識せずやっていることなのですが、相手に息苦しさを感じさせてしまうなら、改善した方が良いのでしょうか」

「うーん……」

荻原さんの言葉に、私は悩む。

ここで言う改善って、むしろ改悪じゃないかな。だって、今やっている綺麗な食事作法や完璧に近い家事のレベルを落とすってことでしょ？

「一つ確認なんですが、荻原さんは一緒に食事をする相手に自分と同等の食事作法を求めてます？あと、恋人には自分と同じくらいの家事スキルを望んでますか？」

「いえ。その、よほどのマナー違反でなければ気になりませんし、家事は好きでやっていることなので、俺にやらせてくれたら嬉しいな……と思います」

「それなら、その女性の言うことを気にしてせっかくの食事作法や家事スキルを改悪するのはもったいないですよ！」

スプーンからフォークに持ち変えた私は、サラダに添えられていたプチトマトをブスッ！　と刺して断言する。

「荻原さんのお行儀の良さや家事スキルの高さに息苦しさを感じるなんてのは、その人の勝手な言い分であって、他の女性もみんな同じように思うわけではありません。つまり、改善すべき欠点ではないです」

食事の作法が綺麗な男性に魅力を感じる人の方が多いと思うし、家事が好きだなんて、それが苦手な女性や働く女性にとっては優良株もいいところですよ。

「その女性の言葉は、広い世の中にはそういう考え方をする人もいるんだな～くらいに留めましょう。荻原さんは一緒に楽しく食事ができて、自分より家事スキルが高い男性に引け目を感じず、喜んで家事を任せてくれる女性を見つけたらいいんです」

結局のところ、これも相手との相性の問題だよね。

その女性とは相性が悪かった。なら、今度は相性の良い相手を見つければいい。それだけのことだ。

「…………」

目から鱗《うろこ》が落ちました、と言わんばかりの顔をしている荻原さんに、私はさらに告げた。

「というか、前から薄々思っていたんですけど、荻原さんが一番磨かなくちゃいけないのは女性を見る目かもしれないですね」

確かに荻原さんは恋愛下手なところがあって、ご自身に改善すべき点もある。

だけどそれ以上に、今まで付き合ってきた女性が酷い。つまり相手を見る目がない。

初めて付き合った彼女しかり、私にお酒をぶっかけて逃亡した二股女のみなみさんしかり、碌《ろく》な女じゃないなって思うのですよ。

「そう……でしょうか」

「そうですよ。そういう人達に合わせて自分のレベルを落とすなんてもってのほかです」

私はうんうんと頷く。

ま、まあ私も恋人を見る目がないという点では、荻原さんのことを言えないんだけど。

とにかく、私はまだ不安そうな顔を見せる荻原さんを励《はげ》ますように、笑顔で言った。

こういう時は笑顔で言い切るのが一番だからね。

「大丈夫ですよ、いつかちゃんと、荻原さんの魅力をわかってくれる人が現れますって」

そんな人と出会えた時、荻原さんがその人と良い恋愛ができるように、私は恋愛指南役を精一杯務めようと思った。

六

メルヘンなカフェでランチデートをして以来、私達はメールのやりとりをするようになった。

これは私が新たに出した宿題で、コミュニケーション練習の一環として考えたものだ。

現代のコミュニケーションは、実際に会って会話をするだけじゃないからね。荻原さんはメールのやりとりも苦手みたいなので、これを機に少しでも慣れてくれればいいと思う。

もっとも、毎日のメールのやりとりを嫌がる人もいるし、逆に一日に何度もメールのやりとりをしたがる人もいる。だから、その辺は無理をしない程度に相手の価値観に合わせてあげてとアドバイスしておいた。あ、毎日電話で話したいって人もいるよね。

かくいう私は、一日に何度も何度もやりとりをするのは苦手で、数日連絡がなくても気にならないタイプだ。だけど、それじゃあ荻原さんの訓練にならないから、一日最低一回はメールのやりとりをすることにした。

「あ、きたきた」

自宅でお風呂上がりにビールを飲んでまったりとしていたら、スマホにメールが届く。

義務感から始めたメールのやりとりだったけど、いざやってみたら、だんだんと荻原さんからメールが届くのを楽しみに思うようになってきた。

荻原さんからのメールは、こんな風に夜に届くことが多い。

『こんばんは。今日は、おでんを作りました。斉藤さんは、おでんの具は何が一番好きですか？

俺は大根が一番好きです』

そんな文章に、土鍋に具がたっぷり入ったおでんの写真が添付されている。

「あはは。美味《おい》しそうなおでんだな～。いいなあ～」

話題に困った時、荻原さんはその日に自分が作った料理のことを写真付きで教えてくれるようになった。

敬語のせいか、相変わらず硬さが残る文面だけど、内容が内容だけに微笑ましさの方が勝る。だって、まるで小学生のお手紙みたいなんだもん。

一応、これは恋人同士のメールのやりとりを想定しての練習。だから私のことは恋人だと思って、敬語は禁止って最初に言ってみたのだ。だってほら、出会ったばかりのころならともかく、付き合い出してからもそれだと、距離を感じてしまう女性は多いからね。

メールはお互いの顔が見えない分、そこに込めた気持ちが伝わりにくいし、文章だけで見ると、敬語って素っ気なく感じられることがある。こう、突き放されているように思ってしまうというか。

こんなことを説明した上での敬語メール禁止令だったんだけど、荻原さんはとても困ってしまったのだとか。ギリギリまで文面に悩んだ挙句《あげく》、『どう書いていいかわからないです』と泣きのメールを入れてきた。

だから、私もちょっといきなりすぎたかな～と思って、敬語メールを解禁にしたのだ。ゆっくり慣れていきましょうって言ったのは自分だしね。

それに、自分で禁止しておいてなんだけど、荻原さんが砕けたメールを送ってくるのってすごく違和感あるし。

無理に矯正《きょうせい》するよりも、敬語でも硬さを極力減らす方向に持っていった方がいいのかもしれないなあ。

今後、荻原さんが敬語でのやりとりを嫌だと思わない女性と付き合う可能性だってある。また、相手によっては自然と敬語抜きで話せるようになる場合だってあるしね。

(タメ口で話す荻原さんなんて想像できないけど)

私はくすっと笑いながらビールを飲んだ。今日の夕飯はスーパーのお惣菜《そうざい》とちょっとわびしいので、荻原さん特製のおでんが羨《うらや》ましくてならない。

『美味《おい》しそうなおでんですね。私もおでんが食べたくなっちゃいました』

帰りにコンビニのおでんを買ってくれば良かったと思いつつ、メールを打つ。

相手が敬語なので、私も敬語が抜けない。でも、時々絵文字や顔文字を使うようにしていたら、ごくたまにだけど荻原さんも顔文字を使うようになった。

初めて見た時は妙な達成感を覚えたっけなあ。しかも微妙に内容に合っていない顔文字だったのがおかしくて、笑ってしまった。

『ちなみに私は卵が一番好きです。子どものころは一人で何個も食べようとして、よく親に叱られていました』

卵を一日に何個も食べると目が潰れる！　って、しょっちゅう脅《おど》されたものだ。

昔は、卵の食べすぎはコレステロールのとりすぎ、イコール身体に悪いって考えられていたからね。

懐かしく思いながら、私はメールを送信した。

するとほどなく、荻原さんから『斉藤さんらしいですね』という失礼な返信が返ってきた。

「なんだと〜」

私はくすくすと笑ってしまう。怒る気は全然湧いてこない。

だって、あの荻原さんがここまで気安いやりとりをしてくれるようになったんだよ？　怒りよりも嬉しさの方が勝るってものだ。

そのメールには続きがあった。

『今度、機会があれば斉藤さんにおでんをごちそうしたいです。その時は卵を多めに入れておきますね』

おお〜！　荻原さんの特製おでん！　食べたいなあ。

その時が来たら、日本酒を差し入れに持っていこう。熱々のおでんと一緒に、熱燗《あつかん》をキュッと一杯いただきたい。

『らしいとは失礼な（笑）』

私はニヤニヤしながら返事を打つ。

『これは是《ぜ》が非《ひ》でも美味《おい》しいおでんをごちそうしてもらわないとですね。楽しみにしています。それじゃあ今日はこの辺で。おやすみなさい』

それを送信すると、しばらくして荻原さんから『おやすみなさい』という返信が届いた。

「ふふっ」

なんでかな？　たった七字の言葉で、胸が温かくなる。

スマホ越しの、文字だけのやりとりだけど、誰かに「おやすみなさい」と言って、「おやすみなさい」と返されることが嬉しい。

世の恋人達は、この温かさを求めて毎日メールを送り合っているのかもしれないなあ。

そう思いながら、私は缶に残っていたビールを一気に飲み干した。

「ふはぁ。よっし、明日もお仕事頑張りますかー」


そして数日後の日曜日、私は荻原さんとの待ち合わせ場所である駅に来ていた。

今日は模擬《もぎ》デートとして、一緒に映画を見に行く約束をしているのだ。

(あれ、おかしいな……)

だけど、待ち合わせ場所に荻原さんの姿はなかった。

いつも約束の十五分前には来ている人なのに、珍しい。

腕時計で時間を確認してみると、約束の時間の五分前だ。念のためスマホでも時間を確認してみたけど、同じ。

まあ、まだ待ち合わせ時間になっていないし、荻原さんだってたまには遅れることもあるよね。

そう思って一人待っていたものの、約束の時間を十分すぎても荻原さんは現れなかった。

(もしかして、待ち合わせ場所を間違えた……？)

慌ててメールを読み返してみるけど、場所も時間も合っている。

もしや事故にでもあったのだろうかと不安に思い、私は荻原さんにメールを打とうとした。

「あっ」

すると、その途中で電話の着信が入る。荻原さんからだ。

「もしもし、荻原さん？」

『……っ、ゴホッ、斉藤さん、すみません……』

電話の向こうで、荻原さんが苦しそうに咳き込む音がする。彼の声はとても掠《かす》れていた。

「もしかして、風邪ですか？」

『はい。今朝、急に悪化してしまって……。連絡が遅れて、本当に申し訳ありません……』

荻原さんはひたすら謝るけど、律儀な彼がこんな時間まで連絡できなかったなんて、よっぽど体調が悪いんじゃ……

「そんなことは気にしないでいいんです。それより、大丈夫ですか？　病院とか行けます？」

『大丈夫です。寝ていれば治りますから』

(つまり、病院には行けそうもないのか)

「薬は？　ありますか？」

『…………』

私の問いへの答えは返ってこない。

(ないんだな。もう……)

病院にも行かず、薬も呑まずに、寝ているだけで治るような軽い症状にはちっとも思えないんですけどね。

「今からそちらに伺いますね。それまでゆっくり寝ていて下さい」

『いえ、大丈夫です……。ゴホッ……ご迷惑は、かけられません』

続けて、自分一人で対処できますと、荻原さんは言う。

まったく、この人は……

「困っている時くらい、素直に他人に頼りなさい！」

『……っ』

私は一喝《いっかつ》して通話を切った。フン！　病人が強がるんじゃないっての。それに、荻原さんを一人放って置くのは私の精神衛生に良くない。そっちの方がよっぽど迷惑だ。

(あ……)

改札前で大声を上げたせいで人の視線が集まってしまった。私はそれから逃れるように、そそくさと駅のホームへ向かう。

荻原さんの家はあれ以来一度も訪ねていないけど、場所はなんとなく覚えている。

最寄駅から記憶を頼りに歩き、マンションまで辿り着いた。

スマホを使ってタクシーを呼び出してから、私はエレベーターに乗る。その間も、スマホで近くの病院を検索だ。休日診療しているところは……っと。

そうこうしているうちに、エレベーターは目的の階に辿り着いた。

ええと、確か荻原さんの部屋は……

各部屋には表札が出ていない。これも記憶だけが頼りで少々不安だったが、勇気を出して、ある部屋のインターフォンを押してみる。すると、しばらくしてから扉を開けて出てきたのは荻原さんだった。部屋を間違えなくて良かったと、ホッと胸を撫《な》で下ろす。

「本当に来たんですね……」

「来ましたとも」

扉を開けた荻原さんは、寝巻に大きめのカーディガンを羽織っている。

彼の顔は真っ赤だし汗がたくさん浮かんでいて、いかにも具合が悪そうだ。

「下にタクシーを呼んだので、一緒に病院に行きましょう。お財布と保険証はありますか？」

さすがに家まで来られたことで観念したのか、荻原さんは素直に頷き、ふらふらと部屋の奥に鞄《かばん》をとりに行く。

準備ができたら、歩くのもやっとの荻原さんに肩を貸して、私は彼を下のエントランスまで連れていった。

ちょうどタクシーが到着していたので、荻原さんを乗せて近くの病院へ運んでもらう。

診察の結果は風邪だった。お医者さんから処方箋《しょほうせん》を貰い、病院の帰りに日曜日でもやっている薬局に回って薬を処方してもらう。

それから、外出して疲れたのかぐったりしている荻原さんにまた肩を貸して部屋まで戻った。

ベッドに荻原さんを寝かせた私は、部屋の鍵を預かって必要なものを買いに外へ出る。

コンビニで、マスクとタオル、冷却シート、スポーツ飲料、それからインスタントのおかゆにゼリーにアイスにプリンに……と、自分が風邪を引いた時に使っているアイテムや、よく食べているものをカゴに入れた。あ、あと自分用におにぎりとパンも。

タオルは荻原さんの部屋にもあると思うけど、他人にあちこち探し回られるのは嫌だろうと考えて、買うことにしたのだ。

荷物を抱えて荻原さんの部屋に戻ると、彼は相変わらず苦しそうな顔でベッドに横たわっていた。

私はマスクをつけ、買ってきたタオルを水道の水で濯《すす》ぎ、きゅっと絞ってから荻原さんの顔や首回りを軽く拭《ふ》いた。ちょっとはさっぱりするといいんだけど。

そして、冷却シートのフィルムを剥《は》がしておでこにぺたりと貼りつける。

その間、荻原さんは目を開けるのも喋《しゃべ》るのも億劫《おっくう》なのか、人形のようにされるがままだった。

薬を呑めば少しは症状も楽になるだろう。でもそのためには、何かお腹に入れないといけない。

「もうちょっと、待っててて下さいね」

私はキッチンに向かい、小鍋でお湯を沸かす。

その間、買ってきたプリンやゼリーを冷蔵庫に、アイスを冷凍室に入れた。

勝手に人様の家の冷蔵庫を開けるのは気が引けたけど、非常事態ですからね。

想像していた通り、荻原さんの家の冷蔵庫は整理整頓されていてとても綺麗だった。しかも、きちんと常備菜などが入っている。缶ビールくらいしか入っていない、がらんとした我が家の冷蔵庫とは大違いだ。

そうこうしているうちにお湯が沸き、私は小鍋におかゆのパウチを投入した。

こういう時、女子としてはおかゆを手作りするべきと思わないでもない。だけど、料理に慣れていない私が作るとなると時間がかかりそうだったので、インスタントを買ってきたのだ。

ちなみに数種類ある中で一番スタンダードな白がゆにしてみた。荻原さんの好みがわからないからね。

「あちち」

パウチの熱さに苦戦しながら、切り目に沿って袋を破き、中のおかゆをお皿に移す。

引き出しをいくつか開けて見つけたスプーンを添え、スポーツ飲料の小さめなペットボトルと一緒に寝室に運んだ。

「荻原さん、おかゆ持ってきました。少しでも食べられますか？」

そう尋ねると、荻原さんは頷き、緩慢《かんまん》な動作で上半身を起こす。

「ありがとう……ございます……」

「お気になさらず。あ、熱いので気をつけて」

おかゆのお皿を彼の膝の上に置くと、荻原さんはスプーンをとってゆっくり、ゆっくりと食べ始めた。

そして半分ほど食べると、限界なのかスプーンを置いてしまう。

「すみません……」

「いいえ、食べられるだけでいいんですよ」

私はおかゆのお皿を受け取って、代わりにスポーツ飲料のペットボトルを差し出す。

たくさん汗をかいて喉《のど》が渇いていたのか、荻原さんはごくっごくっと喉《のど》を鳴らしてペットボトルの中身を飲み干した。もっと早く持ってくればよかったですね、ごめんなさい。

「お薬持ってきますね」

私はお皿と空《あ》いたペットボトルを片付け、一回分の薬とグラス一杯の水、それからスポーツ飲料のペットボトルをもう一本持ってきた。

薬は粉薬が一袋と、錠剤が三種類。荻原さんは最初に粉薬を呑み、それから錠剤を一纏《まと》めに水で流し込む。

「ふう……」

薬を呑み終わり、ほうっと息を吐いた荻原さんに「よくできました」と言いそうになったが、子どもじゃないんだから、さすがにそれはやめておこうと思い止《とど》まった。

「ペットボトルはここに置いておきますから、飲みたい時に飲んで下さい」

私は荻原さんを寝かせ、枕元にスポーツ飲料のペットボトルを置いた。

ベッドサイドのテーブルに置いたら、飲むのにいちいち身体を起こさなくちゃいけないからね。

「ありがとう、ございます……」

「どういたしまして。まあ、困った時はお互い様ですから」

いつまでも傍にいたんじゃ寝にくいだろうと、私はグラスを持って寝室をあとにした。

（そろそろ様子を見に行こうかな……）

私はあれから、使った鍋やお皿を片付けて、おにぎりとパンで昼食を済ませ、リビングダイニングでスマホを弄《いじ》りながらしばらく時間を潰していた。時間を見て、そろそろ頃合いだろうかと新しい冷却シートを手に寝室に入る。

「失礼しまーす」

小声で断りを入れてから足を踏み入れると、荻原さんは薬が効いているのか、すうすうと穏やかな寝息を立てて眠っていた。

顔はまだ赤いけど、最初のころのような苦しさは薄れているように見える。よかった。

「よっ……と」

起こしてしまうかな？　と思いつつ、すっかり熱を持ってあまり役目を果たしていない冷却シートをそっと剥《は》がし、代わりに新しいものを貼る。

「ん……っ」

荻原さんがわずかに身動《みじろ》いだので一瞬構えたが、どうやら起こさずに済んだらしい。

（それにしても……）

顔が整っている人は、寝顔も綺麗なんだなあ。

こうしてまじまじと見てみると、寝ている時の荻原さんはいつものピシッとした雰囲気が和《やわ》らいで、なんというか……可愛い。弱っている姿が妙に庇護欲をそそるのだ。

(歴代の彼女さん達は、荻原さんのこんな顔を見ても離れていっちゃったんだろうか)

もしくは、荻原さんのことだから今日みたいに「迷惑をかけるわけにはいかない」って、恋人にさえ弱いところを見せてこなかったのかもしれない。

(ありそ〜)

私はついつい苦笑してしまう。荻原さん、ドがつくほど真面目だからなあ。

真面目な人って、人に頼ろうとせずになんでも自分で解決しようとする場合が多いんだよね。

(だけどね荻原さん、恋人が弱っている時に頼ってもらえないのって、けっこう辛いし悲しいものなんですよ)

今思えば、私が駅で怒鳴ってしまったのは、そういう感情が怒りに直結したからなのだろう。

……って！　私、荻原さんの恋人でもないのに何を考えているんだ！

と、とにかく。荻原さんが回復したら、困っている時は恋人に相談したり頼ったりするのも大事なんだってこと、ちゃんと教えてあげないと。

荻原さんは、迷惑をかけたくない、恰好悪いところを見せたくないって思っているのかもしれない。だけど、女の人はね、好きな男の人に頼られたら嬉しいし、たまに見せてくれる弱った姿にキュンとしちゃうものなんだよ。それが自分だけに見せてくれるものなら、なおさらグッとくる。

そう、教えてあげなくちゃ。

いつか、荻原さんが恋人に素直に弱みを見せられるように。

それが、私の先生としての役目だから。

（……でも、なんでかな……）

荻原さんが私の知らない女の人に弱った顔を見せる姿を想像したら、何故かちくちくと胸が痛んだ。

七

年が明けて、一月。

早いもので、荻原さんと出会ってから三ヶ月が経っていた。

年末は私も荻原さんも仕事が忙しく、また年末年始の休みは私が実家に帰省していたため、しばらくの間は模擬《もぎ》デートはお休みだった。

ちなみに荻原さんは都内出身で、ご両親は現在お父様の田舎に戻って定年後のセカンドライフを送っているのだとか。お正月はご両親のもとへは行かず、一人で過ごしたらしい。

会えなかった間もメールのやりとりは続いていたし、去年の暮れに風邪の看病をして以来、荻原さんとの距離が縮まった気がしている。

そして今日は、久しぶりの模擬《もぎ》デートの日。目的地は映画館だ。

前回見に行こうとした映画は残念ながら公開日をすぎてしまっていた。けれど、私が大好きな学園ものの恋愛漫画が原作の映画が公開されていて、ぜひ見に行きたいと思っていたのだ。

でも、高校生達の甘酸っぱい恋愛と青春を描いた作品が大好きと言うのはちょっと気恥ずかしかった。なので、荻原さんには「人気の作品らしいし、恋愛の勉強にもなるから」と言ってある。

いつものように駅で待ち合わせて、そこから徒歩で映画館へ。

二人でチケット売り場に並び、流れに従ってカウンターに辿り着いたところで、希望の作品名と上映時間、それから人数をスタッフに告げる。

勉強のためと言いつつ自分が見たい映画を指定してしまったので、チケット代は私が払うことにした。荻原さんは自分が二人分出すと言ってくれたけど、そこは譲《ゆず》らなかった。

だって、私は見たくて見るわけだけど、荻原さんはこの手の映画が好きじゃないかもしれない。自分が興味のない映画を長時間見るのってけっこう苦痛なのに、その上映画代を奢《おご》らせるわけにはいかないよ。

その代わり、飲み物とポップコーンを買う時は荻原さんがお金を出してくれた。

自分の分は出すと言ったんだけど、荻原さんが「チケット代を奢《おご》ってもらいましたから」と譲《ゆず》らなかったのだ。後ろで待っている人もいるし、カウンターでこれ以上問答を続けては迷惑なので、私は素直に奢《おご》られることにした。

私はウーロン茶を、荻原さんはホットコーヒーと二人分のポップコーンを持って劇場に移動する。

チケットに書かれていた指定席に着いて一息つくと、私は改めて荻原さんにお礼を言った。

「お茶とポップコーンごちそうさまです」

「いえ。こちらこそチケット代を払わせてしまって……」

「あはは、もう気にしないで下さい」

そういえば、デート中の支払いをどう分担するかってのは、恋人の間で問題になるテーマだよね。

それがきっかけで別れた、なんて話もよく聞くし。

振り返ってみると、これまでの模擬《もぎ》デートでも荻原さんは率先して私の分も払おうとしてくれたっけ。

私は奢《おご》られっぱなしでいるのが苦手なタイプなので、何か奢《おご》られた時には、次の機会では自分が奢《おご》るようにしている。よく一緒に食事をする社長ともそうだし、基本は割り勘だ。

「荻原さんって、これまで彼女とのデートでも奢《おご》ってあげていたんですか？」

上映時間までまだ余裕があったので、私は暇潰しがてら荻原さんに小声で話しかけた。

「はい。その、男が出すのが当たり前だと思っていたので」

「へえ」

さらに話してくれたところによれば、毎回奢《おご》ってあげていたそうだ。

それはまた男らしいというかなんというか。

詳しく話を聞いてみると、どうやら荻原さんがこれまで付き合ってきた相手はみんな「女性は奢《おご》ってもらえるのが当たり前」という価値観の人達だったらしい。それを聞いた私は苦笑いしてしまった。

まあ、荻原さんがそれを苦と思っていなかったのなら、私が口を挟むようなことじゃないんだろう。だけど、真面目で不器用なこの人がカモにされてきたように思えて、不快感が込み上げてくるのだ。

そりゃあ、気前よく奢《おご》ってくれたり、プレゼントを買ってくれたりする財力のある男性が魅力的だって感じる気持ちはわかるよ。私だって、漫画や小説に出てくるセレブなイケメン達に心ときめいちゃってますからね。

高級車で迎えに来たイケメンセレブに攫《さら》われるように高級なお店に連れて行かれて、上から下までコーディネート。ついでにエステで磨かれ、プロにヘアメイクされて高級レストランで豪華ディナーを楽しみ、高級ホテルのスイートルームで甘い夜を……なんてテンプレ展開に何度ときめいたことか！　何度羨《うらや》ましいと思ったことか！

だけど、荻原さんについては別だ。歴代の彼女達は奢《おご》ってもらえるのが当たり前だと思って口先だけの感謝の言葉を吐いていたんだろうなあとか、自分で曖昧《あいまい》なリクエストをしておいて、プレゼントが気に入らないと我儘《わがまま》を言っていたんだろうなあとか、勝手な想像が次々浮かんでムカムカしてきた。

元彼女で実際に会ったことがあるのはみなみさんだけですけどね。これまで聞いた話から勝手にイメージした人物像とはいえ、あながち間違ってはいないんじゃないかと思う。

「まあ、奢《おご》られて当たり前だと思ってる女性ばかりじゃないので、相手が本気で遠慮していたら引いてあげて下さいね」

「はい」

私のアドバイスに、荻原さんは素直に頷いた。

「あ、そろそろ始まりますね」

劇場内がふっと暗くなり、これから公開される別作品の予告映像が流れ始める。

私達は会話をやめ、スクリーンに集中した。

（うああ～、めっちゃ良かったよおおお……）

漫画の実写化ということもあって、原作のイメージと違うんじゃないかと不安もあったけど、私は始まってすぐ作品の世界に引き込まれたのだった。イケメンヒーローの見せ場にいちいちときめき、主役二人の甘酸っぱい恋愛模様にキュンキュンし、クライマックスでは堪え切れず泣いてしまった。

何度も何度も読んだ作品でも、こうして実写映画になっているのを見るとまた違った魅力があって、原作を読み返したくなる。帰ったらまた読もう！　昨夜も読んだけど今夜も読もう！

エンドロールが始まった中、私はハンカチで涙を拭《ぬぐ》いながら、そう心に誓った。

私の胸の中は今、主人公に感情移入した切なさや愛しさと、良質な恋愛映画を見られた満足感でいっぱいだ。

まるで自分が素敵な恋を経験したような、そんな気持ちである。

（……あっ）

感動に浸《ひた》っていた私は、ふと自分に連れがいることを思い出した。

どれだけ夢中になっていたんだ私！　と、自分で自分にツッコミを入れてしまう。

作品のことで頭がいっぱいになって失念していたけど、荻原さんはこの映画楽しめたかな……

ちらりと隣を窺《うかが》うと、荻原さんはエンドロールの流れるスクリーンをぼーっと眺めつつ、ポップコーンをぽりぽりと齧《かじ》っている。

「あっ、すみません。俺ばっかり食べてました。斉藤さんも食べますか？」

私の視線に気付いた荻原さんが、慌ててポップコーンを勧めてくれる。

別に荻原さんが独占していたわけではなく、ポップコーンは二人の座席の間に置かれていたので食べようと思えばいつでも食べられた。しかし、私は映画に夢中ですっかりその存在を忘れていたのだ。

見ると、Mサイズのカップに入っていたポップコーンは半分以下に減っていた。

（これ、映画に集中できなくて手持ち無沙汰《ぶさた》なのを紛《まぎ》らわすためにひたすらポップコーンを食べてたってことかな!?）

だとしたら非常に申し訳無い。私は劇場を出たら謝罪しようと心に決め、ポップコーンを齧《かじ》った。

やっぱり映画を見る時にはポップコーンが欠かせないよね。もう映画終わってるけど。

残すのはもったいないので二人で黙々とポップコーンを食べ、私は氷が解けてすっかり薄くなったウーロン茶を一気に飲み干した。

それから、エンドロールが終わって明るくなった劇場を出る。

「あの、本当にすみませんでした。私ばっかり楽しんでしまって、荻原さんには退屈な映画でしたよね」

これじゃあいつかの博物館デートの逆だなあと、私は改めて反省する。

「いえ、そんなことは。こういう映画はあまり見たことがなかったんですが、面白かったですよ」

ほ、本当かな～？　荻原さんは優しいから、気を遣ってそう言ってくれているんじゃないかな。

そんな猜疑心《さいぎしん》が拭《ぬぐ》えない私に、荻原さんはさらに言葉を続けた。

「それに、映画が……というより、それに夢中な斉藤さんを見ているのも面白かったですし」

「へっ」

わ、私ですか？

「一喜一憂する斉藤さんを見て、なるほど女性はこういう男に惹《ひ》かれるのかとか、えっと、壁ドン？　でしたっけ。そういうのをされると嬉しいのかとか、色々参考になりました。斉藤さんの言う通り、勉強になったかと」

そ、そりゃあ「勉強になるから」と連れ出したのは私ですが、まさか映画だけじゃなくそれを見ている私の反応を参考にされるとは思いも寄らなかった。というか、そんなに見られていたのかと思うと無性に恥ずかしくて、かああっと頬が熱くなってしまう。

あっ、ということはグズグズ泣いているところも見られていたのか。うわ、うわあああ……

「またおすすめの映画があったら、ぜひご一緒させて下さい」

「は、はい……」

勉強熱心な荻原さんに否《いな》とは言えず、私は羞恥心《しゅうちしん》を抱えたままこくんと頷いたのだった。

映画を見終わり、現在の時刻は十二時半を少しすぎたところ。

さて、近くのカフェでランチを食べようかと映画館の出口に向かったのだが、そこで私達は思いも寄らぬ事態に遭遇していた。

「うわあ、すごいですね……」

「ええ……」

来る時には晴れていたのだが、今はバケツをひっくり返したような土砂降りの雨が降っている。

おかげで出口付近は、傘を持たずに立ち往生している人で溢れていた。

かくいう私も今日は傘を持っていない。だって朝は晴れていたし、天気予報だって終日晴れマークだった。

それは荻原さんも同じだったので、私達はどうしたものかと頭を悩ませる。

このまま、ここでやむのを待つか。しかし雨はやむどころか、弱まる気配さえない。それに、これから他の映画も終われればさらに人が集まって来るだろう。

今だってそう広くないエントランスにたくさんの人が待っているのに、これ以上増えるとなるとさらに不快指数が増しそうだ。そんな中、いつやむともわからない雨が上がるのを待つのはごめん被《こうむ》りたい。

（……タクシーを使う？）

しかし、この土砂降りではタクシーに乗るまでのほんの少しの距離でもずぶ濡《ぬ》れになりそうだし、その状態で乗り込むのは気が引ける。

それとも、いっそ時間潰しにもう一本映画を見るか。お腹は空《す》いているけれど、売店でホットドッグなどの軽食を売っているから、それを買えばいい。

「荻原さん」

「斉藤さん」

そう提案してみるかと私が口を開くのと同時に、彼が私の名を呼んだ。

「「あっ……」」

あまりのタイミングの良さに二人とも二の句を継げずにいたけど、しばらくして荻原さんが苦笑しながら話し始める。

「確かここへ来る途中にコンビニがありましたよね」

「は、はい。そういえば……」

あったような気がするが、まさか荻原さん……

「俺がそこへ行って傘を買ってきますから、しばらくここで待っていてもらえますか？」

「えっ、で、でも」

コンビニはすぐ隣にあるわけではないのだ。

こんな土砂降りの中をコンビニまで走らせるなんて、申し訳無さすぎる。

しかし、荻原さんは私が止めるより早くエントランスから飛び出していってしまった。

彼の姿はあっという間に見えなくなり、私は呆然とその場に立ちすくんだ。

その後、エントランスにいた人達のうち何人かが荻原さんと同様に外へ飛び出していった。傘を買いに行ったのか、あるいは諦めて帰路についたのか。

とりあえず、私も戻ってきた荻原さんが見つけやすいように扉の外に移動する。

二階部分の出っ張りが屋根代わりになっているけれど、勢いの強い雨はコンクリートの上で跳ねて足元を濡《ぬ》らす。ロングブーツを履いてきて良かった。

しかし、こんな酷い雨の中を走っていった荻原さんは大丈夫だろうか。

不安に思いながら待っているせいか、時計の針の進みがやけに遅く感じられる。

もう十分は経っただろうかと腕時計を見たところ、まだ五分も経っていなかった。

私の視線は時計と荻原さんが去った方向を何度も往復する。

それからしばらくして、一時間も経ったような気持ちで待っていると、ようやくビニール傘を差した荻原さんが戻ってきた。

「荻原さん！」

彼は私の姿を見つけると、傘を閉じて屋根の下に入る。

「お待たせしました。それから、すみません。実はこれ一本しか買えなくて……」

コンビニには傘を求める客が殺到していたらしく、これが最後の一本だったそうだ。

苦笑してそう話す荻原さんは、コンビニまでの道中でずぶ濡《ぬ》れになっていた。

「そんな、荻原さんが謝ることじゃないです」

私は彼の濡《ぬ》れた顔を拭《ぬぐ》うため、バッグからハンカチを取り出す。小さなハンカチ一つで拭《ふ》いたところで気休めみたいなものだろうけど、そうせずにはいられなかったのだ。

今日履いているブーツはローヒールなので、少し背伸びをして荻原さんの顔に触れる。

すると、それに気付いた荻原さんがちょっとかがんでくれた。

雨に濡《ぬ》れた荻原さんの頬はすっかり冷たくなっている。冬の雨にたっぷり打たれて、身体が冷えてしまっているのだろう。

「……ありがとうございます、斉藤さん」

ハンカチがぐしゃぐしゃに濡《ぬ》れて用を為《な》さなくなったところで、荻原さんが身を引いて傘を私に差し出した。

「この傘は斉藤さんが使って下さい」

「えっ？」

「俺は濡《ぬ》れても今更ですから」

そう言って、荻原さんは一本しかない傘を私に使わせようとする。

けれど、荻原さんがずぶ濡《ぬ》れになってまで買ってきてくれた傘を、私一人が我が物顔で使うわけにはいかない。

「絶対に嫌です。この傘大きめですし、二人で使えばいいじゃないですか」

私はきっぱりと断って渡された傘を開くと、少々強引に持ち手を荻原さんに握らせ、彼の身体に寄り添うように傘の中に入った。いわゆる相合傘《あいあいがさ》というやつだ。

ちなみに傘の持ち手を荻原さんに渡したのは、彼より背の低い私が傘を持っていては、荻原さんが歩きにくいだろうと思ったからだ。

「で、ですが……」

「ほら、行きましょう。この服じゃお店に入るのは遠慮した方がいいですよね。とりあえず駅に向かいますか」

そう言って、私はまだ躊躇《ためら》っている荻原さんの腕を引いて雨の中を歩き出す。

荻原さんもさすがに観念したのかそのままついてきてくれたけど、ふと立ち止まった。かと思うと少しの間、私の方にだけ傘を向け、私の右隣から左隣へ移動する。

一瞬「どうして?」と思ったが、すぐにわかった。左が車道側だったのだ。

しかも、大きめの傘とはいえ大人二人が使うにはどうしても肩が濡《ぬ》れそうになるのに、荻原さんは自分が濡《ぬ》れるのを厭《いと》わず、傘をこちらに向けてくれている。

そういう気遣いが、誰に言われるでもなくできる人なのだ、この人は。

「…………」

申し訳無さと、それに勝る嬉しさとで、私の胸はいっぱいになっていた。

なんだかうっかり泣いてしまいそうなくらい、ときめいている。

だって、今の荻原さんは少女漫画のヒーローみたいに恰好良い。ううん、紙の上のヒーローよりずっと、ずっと恰好良い。

(荻原さんの歴代彼女達は、本当に男を見る目がないなあ……)

元カレに浮気された私が言えたことじゃないかもしれないけど、心からそう思う。

こんなに優しくて恰好良い人をフッてしまうなんて、もったいないことしたもんだねって。

それから、私達は土砂降りの中をどうにか駅まで辿り着いた。

荻原さんのおかげで私はほとんど濡《ぬ》れずに済んだけど、ずぶ濡《ぬ》れの荻原さんはこのままだとまた風邪を引いてしまうだろう。そう思ったので、予定を繰り上げて今日はもう解散することにした。

早く帰って、お風呂に入って冷えた身体を温めてほしい。

そう告げると、荻原さんは苦笑して頷いた。

途中まで同じ路線だったので、私達は人でごった返す駅の中を同じホームに向かって歩き出す。

私が人とぶつかりそうになる度《たび》に、荻原さんがさりげなく庇《かば》ってくれた。

電車の中に入ってからも、私が押し潰されないよう自分が壁役になって守ってくれる。

（荻原さん、すっかりエスコートが上手になったなあ……）

初めて二人でショッピングモールで買い物をした時、こちらの様子を気にせずスタスタと歩いていた人が、ずいぶんな進歩を遂《と》げたものだ。

まあ、その時はぐれそうになって、私が注意したんだけどね。

以来、荻原さんはちゃんと一緒に歩いている相手のことを気にかけるようになった。

本当は、一緒に歩いている時に手を繋いだりすればもっと恋人っぽくていいんだろうけど、とても気恥ずかしくて、提案できずにいる。

私がもし荻原さんが思っているような恋愛の達人だったなら、「これも練習だから」と言って、躊躇《ためら》いなく手を繋げたのかもしれない。

だけど、私は本当は恋愛の達人なんかじゃないし、異性と手を繋いで歩くという行為は、ハードルの高いことに感じてしまう。

「…………」

私はぼんやり考え込み、電車の扉に凭《もた》れるように立ちながら、壁役になってくれている荻原さんの手を見つめる。

彼は右手で扉横の手すりを掴み、左手に傘を持っていた。

指が長くて、少し骨張っている大きな手。その肌がいつもより白く感じられるのは、冬の雨に打たれて体温を奪《うば》われているせいかもしれない。

ふと、この手を温めてあげたいと思った。

恥ずかしくて手を繋ごうと言い出せない自分が何を……と自分自身でも呆れるけれど、本当にそう思ったのだ。

この手に触れられたら、自分の体温を分け与えてあげられたら、どんな気持ちがするだろう。安心するのだろうか、それともドキドキするのだろうか……って。

(……ダメだよ)

けれど、そんなことを想像してしまった自分を、私はすぐに否定した。

私は荻原さんの恋人じゃなくて、ただの恋愛指南役だ。

どんなにデートを重ねても、それはあくまでレッスンの一環で、本当のデートじゃない。

手を繋いで歩いたり、冷えた手を握って温めてあげたり……こんないかにも恋人らしい行為は、私がしていいことじゃなかった。

今の荻原さんなら私と練習なんてしなくても、きっと上手に相手をエスコートして、手だって自然に繋げるだろう。

その時、荻原さんはどんなふうに相手の手を触るのかな。

そっと触れるだけ？　それとも、指と指をがっしり絡ませる、いわゆる恋人繋ぎってやつをしちゃう？

いいな……。いかにもラブラブって感じがして、ちょっぴり羨《うらや》ましい。

その時、荻原さんはどんな顔で相手のことを見るのか……なんて、想像するだけで胸がちくちくと痛む。

以前の私なら、恋人とラブラブな荻原さんを思い描いたって、大好きな恋愛漫画や小説を読んでいるような気分できゃあきゃあと楽しめただろうに。今はそんな風に思えない。

理由はもうわかっている。

私は、荻原さんのことを好きになってしまったのだ。

八

私が荻原さんに教えてあげられることは、もうあまりない気がする。

何度目かの模擬《もぎ》デートのあと、私はふとそう思った。

これまでは休みの日に待ち合わせてどこかへ行くのが定番だったけど、最近は仕事のあとに待ち合わせて食事に行ったり、飲みに行ったりもするようになった。

荻原さんは女性と過ごすことに慣れてきたのか、出会った当初に感じた硬い雰囲気はずいぶんと和《やわ》らいでいる。口数はそう多くないけれど如才《じょさい》なく話すようになったし、時折笑顔も見せるようになった。

私が問題を指摘したりアドバイスしたりすることも減ってきて、荻原さんの成長を感じるとともに、この辺が自分の限界かなとも思う。

これ以上の恋愛指南は、漫画や小説から付け焼き刃の知識を得ただけの私には荷が重い。何より最近は、彼が私の指南で身につけたものをいずれ違う女性に向けるのかと考えると苦しくて、上手にアドバイスできずにいた。

私情を挟んで手を抜いてしまうなんて、指南役失格だろう。

これでも一応、荻原さんへの恋心を自覚した直後は、彼が好きだからこそ自分にできることは精一杯してあげたいって思っていたのだ。

それに、もし私が恋愛指南を最後まで務めて彼に告白したら、受け入れてもらえるんじゃないか。恋人役じゃなくて本当の恋人になれるんじゃないかって、淡い希望を抱きもした。

だって、少なくとも嫌われてはいないと思うし、模擬《もぎ》とはいえデートを重ねていくうちに好意を持ってくれたかもって、期待してしまったのだ。

だけどそんな希望は、早々に打ち砕かれた。

あれは、仕事帰りに待ち合わせて居酒屋に飲みに行く約束をしていた日のこと。

荻原さんの勤め先の近くに美味《おい》しい和食を出す居酒屋があるらしく、そこで夕飯がてら一緒にお酒を飲もうという話になった。

その日、私は仕事が早く終わって、待ち合わせの時間よりかなり早く駅に着いてしまった。この時間なら、まだ荻原さんは就業中である。

待ち合わせ場所もこの駅だったから、そのまま構内のカフェかどこかで時間を潰すつもりだった。だけど、ふと荻原さんの職場が……というか、職場での荻原さんの様子を見てみたくなってしまったのだ。

荻原さんは、区役所の区民部総合窓口課という部署に所属しているらしい。主に戸籍関連の仕事をしていると説明されたけど、窓口課というからには窓口にいるってことだよね。なら区役所に行けば、就業中の荻原さんの姿も見られるんじゃないか。

そう思った私は、興味本位で荻原さんが勤めている区役所に向かった。

初めて訪れたこの区の庁舎はとても大きく立派で、なんだか気後《きおく》れがしてしまう。軽い気持ちでやって来てしまったことを少し後悔しながら、案内図を頼りに総合窓口に行ってみた。

そこには手続きや相談の順番を待つ人がたくさんいた。私はそんな人達の陰に隠れるようにコソコソと、窓口の中にいるであろう荻原さんの姿を探す。

するとほどなく、窓口に来た利用者と話す荻原さんの姿を見つけた。

見慣れたスーツ姿の彼は、無愛想ともとれる生真面目な顔で対応している。

それだけ真剣にやっているということなんだろうけど、もうちょこっと愛想を良くした方が、利用者の人も話しやすいんじゃないかなあ。

(だけど、そういうところが荻原さんらしいかも)

そう微笑ましく思いながらこっそり様子を窺《うかが》っていると、手続きを終えた利用者がその場を離れた。そのタイミングで、今度は同僚と思われる若い女性が彼に近付き、話しかける。

ここからだと何を話しているかわからなかったけど、女性が話しかけた途端、それまで無表情だった荻原さんがふっと微笑んだ。

硬かった雰囲気が和《やわ》らぎ、傍目《はため》には楽しそうにその女性と談笑している。

まだ待っている利用者が多くいたので、女性はすぐに持ち場に帰ったし、荻原さんも窓口の仕事に戻ったけれど、私はその光景に衝撃を受けていた。

歴代の彼女に愛想が悪い、表情が硬くて怖いって言われていた人が、自然に微笑んで、楽しそうに話をするなんて。

もちろん、そうできるように指南してきたのは私だ。けれども、いざそれを他の女性に向けているところを見て、私は急に現実を突きつけられた気がした。

私はただの練習相手にすぎなかったんだってこと。

彼が本来笑顔を向ける相手は私じゃなくて、他の女性なんだってこと。

荻原さんが笑顔を向けた女性は、可愛い人だった。小柄で、肌が白くて、性格が良さそうな人だ。

二人が並んでいる姿は正直とてもお似合いで、だからこそこんなにショックを受けているのかもしれない。

荻原さんは、彼女のことが好きなのかな。

彼女のために、私の恋愛レッスンを受けているのかな。

その日は頑張って、何事もなかったかのように駅で合流して一緒に居酒屋に行った。

だけど、どうしても彼女のことが気になった私は、荻原さんに聞いてしまったのだ。「もしかして、好きな人ができたんじゃないですか？」って。

荻原さんは驚いた様子で目を見開いていた。

突然、何の脈略もなくそう聞かれたら、そりゃ驚くよね。

明らかに動揺している彼の姿に、私は内心で「そんな人はいませんよ」って言ってほしいと、否定してほしいと、祈るような気持ちでいた。

だけど、彼は意を決したらしき表情で言ったのだ。「います」と。

『俺の一方的な片想い……なんですけど。その人に相応《ふさわ》しい男になれるように、頑張りたいです』

その一言で、私の失恋は決定した。

『じゃあ、私も頑張ってアドバイスしますね』

彼の前でみっともなくとり乱すのは絶対に嫌で、私は余裕のある恋愛上級者の役を必死に演じながら、笑顔で宣言した。

それに、あながち嘘でもない。失恋してしまったけれど、その瞬間に荻原さんへの恋心が霧散《むさん》してくれるわけでもなく、私はせめて好きな人のために恋愛指南を全《まっと》うしようと思ったのだ。最後まで微力を尽くしたかった。

しかし時が経つにつれ、荻原さんの想い人への嫉妬《しっと》心が大きくなっている。彼のために恋愛指南を頑張ろうって決意よりも、早くこんな関係を終わらせてこの苦しさから逃れたいと思う気持ちの方が強くなっていった。

こうなってしまったら、もう無理だろう。

私から、恋愛指南は終わりだって、告げるべき時がきたのだ。

『荻原さんは十分魅力的な男性になりました。私が教えられることはもうありません。卒業おめでとうございます。好きな人への告白、頑張って下さいね』

なんて、笑顔を取り繕《つくろ》い、軽口めいて話す自分の姿が頭に浮かんで、私は自嘲《じちょう》する。

「はああ……」

私は盛大なため息を吐きながら、自分のベッドにダイブした。

手にしているスマホには荻原さんからのメールが届いているけれど、まだ返信していない。

内容は明後日《あさって》の夜、仕事帰りに合流して食事に行きませんかというお誘いだった。

会って、話をするべきだろう。恋愛指南は終わりにしようって。

けれど、そうしたら私と荻原さんはもう会うこともなくなり、彼は件《くだん》の想い人と付き合い始めるかもしれない。

律儀な荻原さんのことだから、恋愛指南を卒業するまでは好きな人にアプローチなんてしなさそうだ。つまり、恋愛指南を終わらせなければ彼は……

「ううう……」

荻原さんは想い人のもとへは行かず、これまで通り私の傍にいてくれるんじゃないか。

そんな姑息《こそく》なことを考えてしまう自分が、心の底から嫌になる。

こんなぐちゃぐちゃの気持ちを抱えたまま、荻原さんに会いたくない。ううん、会えない。

そう思った私は、適当な理由をつけて断りのメールを送った。

「はあ……」

たった数行のメールを打つだけで、ものすごく精神力を消耗した気がする。

恋ってこんなに苦しかったんだなあと、私は何度目かわからないため息を吐いた。

ずっと幸せな恋愛物語ばかり読んでいたから、すっかり忘れていたのだ。誰かを愛することには、切なさや苦しさが付き纏《まと》うんだっていうことを。

ベッドの上でゴロゴロと転がりながら懊悩《おうのう》していたら、スマホがピコンッとメールの着信を告げる。荻原さんからの返信だ。

メールを開いてみると、そこには急な誘いでこちらこそ申し訳無かった、またの機会に、というメッセージが表示された。メールはいつもと同じく、おやすみなさいで結ばれている。

「ごめんなさい、荻原さん……」

もう少し、もう少しだけ時間を下さい。

どうにかこの気持ちに折り合いをつけて、荻原さんに笑顔で卒業宣言ができるようにしますから。

そう心の中で懇願《こんがん》して、私はスマホを枕の下に突っ込むと、部屋の灯りを消して目を閉じた。


「はあ……」

荻原さんの食事のお誘いを断ってから、二週間がすぎた。

あれから、荻原さんは度々食事や飲み、休日の模擬《もぎ》デートに誘ってくれたけど、私はそれらをすべて断っている。

まだ気持ちの整理がつかないのだ。せっかく誘ってくれているのに申し訳無いと思っているし、これだけ断り続けたら荻原さんだっておかしいと、自分が避《さ》けられていると気付くだろう。だけど、断りの連絡を入れるごとにどんどん会うのが怖くなってしまって、誘いを受けられずにいるのだ。

荻原さんへの罪悪感が募《つの》り、ここ最近の私はずっと気が塞《ふさ》いでいた。

自分の気持ちに折り合いをつけるどころか、ますます袋小路《ふくろこうじ》に追い込まれている気がする。

「ちょっとぉ、なーに辛気臭い顔してるのよ」

自分のデスクに座り、パソコンにぱちぱちと数字を打ち込んでいた私に、咎《とが》めるような声がかけられる。

デスクトップから顔を上げると、私が提出した資料の束《たば》を持った社長が立っていた。

「顔色悪いわよ。アンタ、ちゃんと食べてるの？　それにここ最近、酷いミスが増えたわ」

そう言って、社長は資料の束《たば》を私のデスクに置く。Ａ４用紙の束《たば》にはあちこちにファンシーな付《ふ》箋《せん》がはってあり、それらはすべて誤字脱字や数字の間違いをしている箇所だという。

うわ、確かに酷いミスだ……

「申し訳ありませんでした！」

私は椅子から立ち上がって、がばりと頭を下げた。

プライベートな悩みで仕事にまで支障をきたすなんて、社会人失格だ。

「ねえ、今日は朝食をとった？」

「え？　……えっと……」

私は言葉に詰まる。ここ最近は胸が苦しくてあまり食欲が湧かず、これまで以上に杜撰《ずさん》な食生活を送っているのだ。今日も、昨日の夜にコンビニのおにぎりを一つ食べたきりで、朝食を抜いていた。

「……食べてないのね」

「す、すみません」

日頃から私の食生活に苦言をくれていた社長のことだ。朝食を抜いた挙句《あげく》、集中力を欠いてミスを連発するなんて、呆れられてしまっただろう。いや、ものすごく怒っているかもしれない。そう思うと、つい俯《うつむ》いてしまう。

ああ、ダメだなあ私。

「何か悩みがあるなら、聞いてあげるわよ」

「えっ……」

けれど、社長がかけてくれたのは叱責ではなく、私を気遣う言葉だった。

てっきり「社会人なんだからちゃんと自己管理しなさいよ！」と怒られると思っていたので、予想外の優しい言葉に目を見開く。

「とりあえず、仕事が終わったら一緒にゴハン食べに行きましょ。そこでここ最近のアンタの浮かない顔の理由、洗いざらい吐いてもらうからね。あ、そうそう。私は取り引き先とランチミーティングがあるから見張ってあげられないけど、昼もちゃんと食べるのよ！」

「社長……」

そして社長は、私の近くに座っている社員に声をかけた。

「ちょっと佐田《さだ》ちゃん、このお馬鹿がお昼ゴハンを食べるよう監視してもらっていいかしら。まったく、食は身体の基本なんだから、疎《おろそ》かにしちゃダメでしょ」

かくして私は昼休み、監視役を仰《おお》せつかった佐田君に強制的に連行されて、近くの洋食屋さんへランチを食べに行くことになったのだった。

あんまり食欲が……と思ったけど、社内一のグルメで知られる佐田君お気に入りの洋食屋さんのランチはとても美味《おい》しくて、気付けばハンバーグセットを完食していた。

それを見越して、社長は佐田君に監視役を命じたのかもしれない。

佐田君も、わざわざお気に入りのお店に連れて来てくれたのだろう。

そんな二人の気遣いが、ただただありがたかった。


お昼ごはんをしっかり食べたことと、気を引き締めて仕事に集中したおかげで、午後からの仕事にミスはなかった。

仕事中、他の社員がお茶を淹《い》れてくれたり、お菓子を差し入れてくれたりした。もしかしたら色々な人に心配をかけていたのかもしれないと思うと気恥ずかしく、申し訳無い。けれど同時に、みんなの気遣いが嬉しかった。

つくづく、人に恵まれた温かい職場だなあと思う。

私は終業時間のあと、温かい職場の代表である社長と一緒に晩ごはんを食べに出かけた。場所は会社の近くにあるダイニングカフェで、社長お気に入りのイケメン店員がいるお店だ。

てっきり、すぐに根掘り葉掘り聞かれると思ったんだけど、社長は「まずはお腹いっぱい食べなさい」と、野菜たっぷりの身体に良さそうなメニューを次々注文し、私に食べさせた。

「美味《おい》しい……」

玄米ご飯の上にたくさんの野菜が載ったベジタブルビビンバは、食欲をそそるピリ辛なタレが野菜とご飯に絡んで、もりもりスプーンが進む。

豆乳のスープも温かく身体に沁《し》み入るような優しい味だったし、半熟卵付きのシーザーサラダも野菜がパリパリ新鮮ですごく美味《おい》しい。

「まったく、どれだけ悲惨な食生活を送っていたのよ。お肌ガッサガサよ？」

「うっ……」

「化粧のノリも悪そうだし、もう大して若くないんだから気をつけなくちゃ」

グサグサと心に突き刺さることを言いながら、社長は私のグラスにデトックスウォーターのお代わりを注ぐ。

ガラスのピッチャーにはレモンとオレンジにブルーベリー、それからミントが入った水がたっぷり入っていた。果物とハーブの香りが移った水は、すっきりとしていて飲みやすい。身体にも良いんだそうだ。

社長の言う通り、ここ最近は肌の調子も化粧のノリも悪かった。

もう大して若くないという言葉が胸に痛い。でも、十代のころと比べてお肌を回復させるのに時間も手間も、お金もかかるということは嫌というほどわかっているので、反論できない。

私は社長に小言を言われつつ、奢《おご》ってもらった料理を黙々と食べ進めたのだった。

ダイニングカフェで食事を終えたあと、私達はバーに移動してお酒を飲みながら話すことにした。

今日は金曜日で明日は休日だから、時間はたっぷりあるわよと社長は言う。

お店は社長のお気に入りであり、私が荻原さんと初めて出会った場所でもある『ＢＡＲ　スクナ』だった。

私達が最初の客だったようで、広くない店内はがらんとしていた。

そういえば、ここへ来るのはあの時借りた服を返しに来た日以来だ。

カウンターの中にいるマスターに軽く会釈《えしゃく》すると、彼女は微笑を浮かべて会釈《えしゃく》を返してくれた。

相変わらず惚れ惚れするほど綺麗な人だ。

社長がカウンター席に座ったので、私もその隣に腰かける。

そして社長はミモザ、私はジントニックを注文した。

「お待たせいたしました」

ほどなく、社長の前にはフルート型のシャンパングラスに入ったミモザが、私の前にはトールグラスに入ったジントニックが置かれる。

それに一口だけ口をつけてから、社長はにやりと笑って言った。

「……さて。それじゃあ、ここ最近の不調の理由を、洗いざらい話してもらおうかしら」

「うっ……」

私はどこからどう説明したものかと悩み、時々言葉に詰まりながら、社長にすべてを話した。

このお店で荻原さんと出会ったこと。

お酒に酔って調子に乗ってアドバイスをしたら恋愛上級者と勘違いされ、彼に恋愛指南をする羽目になってしまったこと。

それ以来、恋愛経験が少ないことを隠してどうにか恋愛指南をしてきたこと。

その過程で荻原さんに心惹《ひ》かれ、恋をしてしまったこと。

しかし荻原さんには他に想い人がいて、失恋してしまったこと。けれど想いは消えず、彼への恋心を持て余してしまっていること。

この気持ちにどう決着を付けたらいいかわからず、ずっと悩んでいたと洗いざらい社長に話した。

社長は時折ミモザを口にしつつ、黙って私の話に耳を傾けてくれた。

やがてすべて話し終えた私は、異様に喉《のど》が渇いていたため、口をつけずにいたジントニックをごくごくっと流し込んだ。マスターのジントニックは相変わらず爽《さわ》やかで、淀《よど》んでいた心も晴れていくような気がした。

悩んでいたことを全部社長に話せてスッキリしたおかげでもある。胸に抱えていたものを誰かに話すだけでこんなに気持ちが軽くなるってことを、私は久しぶりに思い出した。

「……はあ、まさかそんな面白いことになっていたとはねえ」

社長はくすくすと笑いながら、マスターに二杯目のカクテルを注文する。

「恋愛レッスンだなんて、まるでロマンス小説みたいでドキドキしちゃう。素敵じゃない」

「…………」

社長の言葉に、私は何も言えない。

もし私が逆の立場だったら、同じことを思っただろう。

だけど現実は、キラキラな恋愛物語のようにはいかないのだ。

「……私、荻原さんに恋愛指南はもう終わりだって、卒業して大丈夫だって太鼓判を押して、想い人のところに送り出してあげないといけないのに、それを言う勇気が持てなくて……」

「楓、アンタはまだその荻原さんって人が好きなんでしょ？　なら、ちゃんと告白しちゃいなさい」

いつまでもウジウジしてないで、想いを伝えて玉砕しちゃえばいいじゃないと社長は言う。

その方がスッキリして前に進めるわよ、と。

「なっ……、で、できませんよそんなこと！」

「あら、どうして？」

「だ、だって、告白してフラれたら……」

彼の言葉でははっきり断られたら、立ち直れないよ……

それに、今の関係を壊してしまうのも怖い。

「玉砕とは言ったけど、もしかしたら相手の想い人ってアンタのことかもしれないじゃない」

「それはないと思いますが……」

私の脳裏に、職場で楽しそうに談笑していた荻原さんと同僚女性の姿が浮かぶ。

傍《はた》から見てもお似合いの二人だった。

やっぱり、荻原さんが好きなのは彼女なのだと思う。

「それに、私から告白されたら……きっと荻原さん、困っちゃいます」

あの人は優しい人だから、私の想いを受け入れられないことを気に病《や》むだろう。

私が逆の立場だったとしても、好きな人が他にいるのに告白されて、ましてその相手がこれまで親身になってくれた相手なら、断りにくいもん。

だから私は想いを告げず、荻原さんが求めた恋愛経験豊富な先生役を最後まで演じきって、円満に次の恋へ送り出した方がいい。

そう、頭ではわかっているのに……

「こ……っ、困らせたく、ない……のに……っ」

ぽろっと、涙が次々と浮かんでは頬を伝っていく。

どうして私の心は、感情は、こんなにも思い通りになってくれないのかな。

どうして心から笑って、荻原さんの恋を応援してあげられないんだろう。

こんな自分が、大嫌いだ。

「ううう……」

「アンタって本当、臆病な子よねえ」

ぼろぼろ泣き出した私に、社長は呆れたような、それでいて出来の悪い妹を甘やかすみたいな優しい声で呟《つぶや》き、よしよしと頭を撫《な》でてくれた。

「大学の時だってそう。彼氏と一歩先へ進むのを怖がっているうちに浮気されちゃって。まあ、あれは相手がろくでもない男だったから、結果的には進まなくて良かったのかもしれないけどね」

「あう……」

臆病者、そうかもしれない。

私は恋人との関係が進むことに臆《おく》して浮気され、フラれて、ますます恋をすることが怖くなった。

恋愛漫画や恋愛小説にさらに傾倒していったのも、紙の上の恋愛物語は私に心地良いときめきだけを与え、決して傷付けることはなかったからだ。

私はまた、誰かを好きになって傷付くのが怖かった。

大切な人に、人好きな人に嫌われてしまうのが怖くて堪《たま》らなかったのだ。

そして今も、想いを伝えて断られることや、荻原さんとの関係を壊してしまうことに怯《おび》えて、さりとてこの恋情を捨てきることもできず、踏み止《とど》まっている。

「しょうがない子ねえ。ほら、飲みなさい」

もうほとんど残っていない私のジントニックの代わりに、いつの間にか社長が注文してくれていた新しいカクテルが手渡された。トールグラスが水滴で濡《ぬ》れるくらいたっぷりの氷で冷やされたラムベースのカクテル、モヒートだ。

このお店のモヒートは、クールミントを使って作られている。クールミントはメントールの香りがマイルドで、刺激の強いモヒートを好む人には向かないだろうけど、私も社長もお酒のほのかな甘さが際立つクールミントのモヒートが大好きだった。

止まらない涙を指で拭《ぬぐ》いながら、流した分を補《おぎな》うようにごく、ごくっとモヒートを飲む。

「おいひぃれす……」

社長はまだ泣きやまない私に呆れ、「今日はもう思う存分飲んじゃいなさい」と言ってくれた。

「あーあー、泣いて化粧が落ちてるわよ」

「うう」

良い歳をして人前で、しかもお気に入りのバーのカウンターで大泣きをしてしまうなんて恥ずかしい。けれど、何も言わずグラスを磨いているマスターと、こうして甘やかしてくれる社長の優しさに甘えて、私は思う存分泣いた。他にお客さんもいなかったしね。

たくさん泣いてスッキリすれば、これまで逃げていた荻原さんともまた向き合える気がしたのだ。

その時、お店の扉が開いて新しいお客さんが来店する。

「……斉藤、さん……？」

さすがにこの泣き顔を見られるのはまずいとハンカチを取り出していた私は、自分の名を呼ばれて反射的に振り返ってしまった。

「え……っ、荻原さん……？」

新たに来店したお客さんは、荻原さんと、彼と同年代の男性だった。

「どうして、泣いて……」

荻原さんは、振り向いた私の顔を見て目を見開いている。

彼の言葉に、私は慌ててハンカチで目元や頬を拭《ふ》いた。

そうこうしているうちに、呆然としていた荻原さんの視線は私の隣に座る社長に向けられる。

その瞳に剣呑《けんのん》さを感じ、私はもしかしたら彼がこの状況に変な誤解をしているのかもしれないと焦った。

「あ、あの、これはなんというか……」

だが本当のこと——荻原さんへの恋心を拗《こじ》らせて号泣したとは言えず、どう取り繕《つくろ》ったものかと慌てる。

「きっ、気にしないで下さい！　荻原さんには関係のないことなので！」

私は荻原さんへの気持ちを隠そうとするあまり、突き放すみたいな物言いをしてしまった。

そう言い放った瞬間、荻原さんの身体が強張り、彼は傷付いた表情を浮かべる。

その顔を見て、私は言葉選びを誤ったことをすぐに察した。

「楓、アンタって子は……」

隣の社長が、呆れたように呟《つぶや》く。

わ、わかってますよ。でも、咄嗟《とっさ》に出ちゃったんですよ……！

「関係ないって、そんな……。ですが、俺は……！　泣いているあなたを放っておけません」

「ひえっ……」

思いがけず食い下がってくる荻原さんに、つい変な声を上げてしまう。

だけど、そんな優しい言葉をかけないでほしい。荻原さんへの未練が、ますます募《つの》ってしまうではないか。

「ほ、放っておいて下さい！　これは、私の問題なので！」

「放っておけないって言っているでしょう！」

ちょっ、な、なんで荻原さんが怒るの!?

売り言葉に買い言葉で、ついつい私の語調も険しくなってしまう。

「詮索《せんさく》しないで下さい！　荻原さんには関係ないって言っているじゃないですか！」

「関係なくても、あなたが泣いているのに知らん顔なんてできませんよ！」

「知らん顔してくれていいんです！　むしろそうして下さい！」

「嫌です！」

「なっ……」

これまで素直に先生の言うことを聞いてきた生徒が、まさかの反抗期。

私が二の句を継げずにいると、場を収めるようにパンパンと手を叩く音が響いた。

「いい加減にしなさいよアンタ達。こんなところで子どもみたいな言い合いをして、みっともない」

社長が呆れた様子で「はあ～」と盛大なため息を吐いて、私と荻原さんに厳しい視線を向ける。

そこで私達は、ここがバーの店内で、他にマスターと社長、それから荻原さんの連れの人がいることを思い出した。

マスターは相変わらずのポーカーフェイスだったけど、連れの人は突然始まった言い合いにぽかんと口を開けている。

途端に羞恥心《しゅうちしん》がどっと襲ってきて、私は先程までの勢いはどこへやら、しゅんと縮こまってしまった。

「あなたが楓の生徒さんね」

そんな私をよそに、社長は椅子から降りると、立ち竦んだままの荻原さんに近付く。そして上から下まで舐めるように見たあと、嬉しそうに言った。

「あらぁ、なかなか恰好良いじゃなあい。私の好みのタ・イ・プ」

「しゃ、社長！」

ああ、ほら荻原さん固まってるじゃない。

無理もないよね。ぱっと見は身形《みなり》の良いイケメンが突然オネェ言葉で話しだした上に、自分に秋《しゅう》波《は》を送ってきたんだから。

「それにしても、このタイミングでばったり遭遇するなんて運命的ね。ロマンチックだわぁ。というわけで、楓。これ以上はお店の迷惑だから」

ニコニコ笑顔でこちらに戻ってきた社長は、私の襟元を掴んだ。

「ぐえっ」

そのまま私を立たせ、ずるずると店の入り口へ歩かせる。

その途中、社長は空《あ》いた手で呆然としている荻原さんの腕も掴んだ。

「こっちの彼と」

「腹を割って話してきなさい」

そうして、私と荻原さんは二人纏《まと》めて店の外に追い出されたのだった。

「「…………………」」

私達の後ろで、ばたんと店の扉が閉まる。

しばらく呆気にとられていると、再び扉が開いて「忘れ物よ」と私のコートとバッグが投げつけられた。社長、猫みたいに襟首を掴んだことといい、私への扱いが雑すぎませんか？

「……あの、斉藤さん」

「は、はい」

荻原さんは申し訳無さそうな顔で、私に謝る。

「先程は、失礼な真似《まね》をしてしまって申し訳ありませんでした。斉藤さんの泣き顔を見たら、その、抑えが利かなくなってしまって……」

「い、いいえ、私こそ、失礼なことを言ってしまいました。ごめんなさい……」

荻原さんは心配してくれただけなのに、過剰に反応した私が悪いのだ。

路地裏で人通りが少ないとはいえ、バーの店先で頭を下げ合う私達に通行人の視線が向けられる。

それに居心地の悪さを感じていると、荻原さんが言った。

「……少し、時間をいただけませんか？」

話したいことがあるので場所を移したいと、彼は続ける。

確かに、いつまでも店先にたむろっているわけにはいかない。

「わかりました……」

私は頷いた。すると、荻原さんが私の手をぎゅっと掴む。

「えっ……」

「こっちに行きましょう」

この手は逃亡防止、なのだろうか。

私は荻原さんに半《なか》ば強引に手を引かれるように、夜の新宿の街を歩いた。

しばらく歩くと、公園と呼ぶには小さすぎる、緑に囲まれた空《あ》き地にベンチが一つ置かれているだけのスペースを見つけた。

「ここで少し待っていていただけますか？」

荻原さんは私をそのベンチに座らせ、ちょっと離れたところにある自動販売機で飲み物を買う。

彼が買ってきたのはホットコーヒーと、ホットミルクティー。どちらがいいですかと差し出された二つの缶のうち、私はミルクティーの方を「ありがとうございます」と受け取った。

荻原さんが話したいことって、なんだろう。やっぱりさっき私が泣いていたことかな。

そう思いながら缶のプルタブを開けようとするんだけど、手がかじかんでいて上手く開けられない。

苦戦していると、見かねた荻原さんが私の手からミルクティーの缶を取り上げ、あっさりプルタブを開けて渡してくれた。

「あ、ありがとうございます」

「いえ」

温かいミルクティーを一口飲んだあと、私は暖をとるために両手で缶を握る。

私の隣に腰を下ろした荻原さんもコーヒーを飲んで、同じように缶を握っていた。

二月ももうすぐ終わるとはいえ、夜はまだまだ冷える。

荻原さんは「はあ……」と深く息を吐いてから、ようやく話し始めた。

「……斉藤さん、最近俺のこと避《さ》けてませんか……？」

てっきり先程の涙の理由を聞かれると身構えていた私は、思いがけない質問に「えっ」と声を上げてしまう。

「最初は、俺の気にしすぎかとも思いましたが……。メールの様子も少しおかしかったので」

（うっ……）

気付かれまいとしていたのに、気付かれていたのか。

そりゃあ、あれだけ断り続けていたらおかしいと思うよね。

それでもメールでは平静を装《よそお》っていたつもりなのに、見抜かれていたなんて……

動揺している私に、荻原さんがさらに言う。

「もしかして、俺のことが迷惑になったのかと思いました。元々無理なお願いでしたから、斉藤さんにもずいぶんとご負担をかけていたんじゃないかと」

「ち、違います！　迷惑とも、負担とも思っていません」

「なら、よかった。でも、それじゃあどうして急に避《さ》け出したんですか？」

「それは……」

私はぎゅっと、缶を握る手に力を込める。

どうしよう、どう話せばいいんだろう。

なんて取り繕《つくろ》ったら、この人は納得してくれる？　頭の中を、色々な言い訳がぐるぐると駆け巡る。

だけど……

「…………」

何も言えるわけがなかった。

私のことをじっと、縋《すが》るような眼差しで見つめてくるこの人に嘘を吐くのかと思うと、これ以上嘘を重ねるのかと思うと、堪《たま》らなくて……、苦しくて……

「……私、荻原さんのことを好きになってしまったんです」

気付けば私は震える声を振り絞り、彼に想いを告げてしまっていた。

「え……」

荻原さんの目が驚きに見開かれる。

言ってしまった。とうとう言ってしまった。

一度その想いを言葉にすると、これまで押し殺してきた感情が溢れ出して、もう止まらなかった。

「す、好きになってしまったから、だから、私が教えたことをいずれ他の女性との恋愛で使うんだろうなと思うと苦しくて、恋愛指南を続けるのが辛くて、避《さ》けていました。ごめんなさい……」

「………」

荻原さんは、黙って私の告白を聞いている。

「……荻原さんには、好きな人がいるのに。こんなこと、急に言われても迷惑ですよね。本当にごめんなさい……」

止まっていた涙がまた込み上げてきて、私はぼろぼろと泣きつつ荻原さんに謝り続けた。

こんなところで泣いたら、荻原さんだって迷惑なのに。いやそもそも、泣きながら想いを告げられた時点で困っているはず。

荻原さんとの関係も、この夜で終わりだろうな。そう考えると寂しくて、やっぱり言わなければ良かった、嘘をつき続けていればよかったと思う。けれど、遅かれ早かれ、限界が訪れていただろうとも思う。

なるべく迷惑をかけないように、早く泣きやまなくちゃ。泣きやんで、謝って、無理にでも笑って「今までありがとうございました」って言って、家に帰ろう。

家に帰って思いきり泣いて、やけ酒にビールをたくさん飲んで、社長に電話していっぱい愚痴《ぐち》を聞いてもらって、それから……

「……え……」

そんなことを考えていたら、私は何故か荻原さんに抱き締められていた。

「荻原さん……？」

えっ？　なんで私、荻原さんに抱き締められているんだろう。

それに、こんなにぎゅっとされたら、彼のコートに私の化粧や涙がついて汚れてしまう。

慌てて離れようとするけど、荻原さんはそうさせまいと力強く私の身体を抱き込んでいた。

「なんで、謝るんですか」

「えっ」

「俺、困ったりしません。むしろ嬉しいです。斉藤さんが俺のことを好きになってくれたなんて、夢みたいだ……」

（え？　え!?）

「だ、だって、好きな人がいるって……」

一緒に飲んだ時、片想いの相手がいると言ったではないか。

そう尋ねると、荻原さんは「ああ」と苦笑した。

「あれは、斉藤さんのことです」

「えええ！」

荻原さんの片想いの相手が、私⁉

あの同僚さんじゃなくて？

「……好きな人がいるのかと尋ねられた時、てっきり俺の気持ちがバレてしまったのかと焦ったんですよ」

じゃ、じゃあ荻原さんがあの時言ったのって、本当に私のこと……なの？

彼が同僚の女性に片想いしていると思ったのは、私の勘違い？

「赤の他人の俺なんかのために、一生懸命アドバイスしてくれた斉藤さんの誠実さに惹《ひ》かれたんです。それから、斉藤さんと一緒に過ごす時間が楽しくて、もっともっと、惹《ひ》かれていきました。だから、あなたの恋愛指南で無事に合格点を貰えたら、言おうと思っていたんです」

荻原さんは私を抱きしめる力を緩《ゆる》めると、私の顔を真っすぐに見て、言った。

「俺は、あなたのことが好きです」

「う、うそ……」

「嘘じゃないです。バーで泣いているあなたを見て、隣にいる男性が恋人かもしれない、彼があなたを泣かせたのかもしれないと思ったらカッと頭に血が上りました」

「ち、違います。あの人は大学時代の先輩で、会社の上司で、その、私にとってはお姉ちゃんみたいな人で、さっき泣いていたのも恋愛相談をしていて……」

「そう、なんですね。恋愛相談……。もしかして、俺のことで泣いてくれていたんですか？」

「うあっ……」

墓穴を掘った！

かあっと顔が熱くなる。きっと赤くなっている私に、荻原さんは嬉しそうな表情を見せる。

「俺達、両想いだったんですね」

「……っ、そ……ですね……」

今でもちょっと信じられないけれど、どうやらそういうこと……らしい。

ものすごく嬉しいはずなのに、頭がまだ現状についていっていない。何より大好きな人の前で間抜けな顔ばかり見せていることが恥ずかしくて、なんというかもう……だめだ。ぐちゃぐちゃだ。

「ううう……」

堪《たま》らず、私は嗚咽《おえつ》を漏《も》らしながら泣いてしまった。

こういう時、両想いになったヒロインはもっとこう……キラキラ！　そう、キラキラしているはずなのに、どうして私はこうもぐちゃぐちゃになっているのだろうか。

「見ないで下さい……」

今、本当に酷い顔をしているので。

そう呟《つぶや》いて両手で顔を覆《おお》うと、荻原さんは「嫌です」と言って私の手を取り払ってしまう。

ちょっ、そんな真剣な顔でまじまじと見ないで下さいよ。

バーでのことといい、今日の荻原さんはやけに反抗的だ。でも、私がずっと素の自分を隠してきたように、荻原さんも本当はこういう一面を持っていたのかもしれない。

「涙で化粧がぐちゃぐちゃになっていても、斉藤さんはとても可愛いです」

「い、言い方！　言い方が酷いです」

確かにぐちゃぐちゃだけど、それを正直に言っちゃ駄目です。

言い方をもう少し工夫すればときめく決め台詞《ぜりふ》になりそうなのに、台無しじゃないの。

あと、「可愛い」とか簡単に言わないで下さい！　は、恥ずかしいから……

「それに、こういう時は泣いている女の人の顔は見ちゃいけないんですよ……」

うう……。好きな人にぐちゃぐちゃな泣き顔を見られたくないって女心、わかってほしい。

これ以上教えることはないと思っていたけど、この人にはまだまだ私が教えてあげなくちゃいけないことがあるようだ。

「すみません。どんな斉藤さんでも愛しいですって、伝えようと思ったらつい」

「いとしっ……」

「愛しています、斉藤さん、いや、楓さん。俺と、お付き合いしてもらえませんか？」

あ、あいし……って、そんな……

どうしよう、今、心臓がものすごくバクバク言っている。だって私、元カレにだって「愛してる」なんて言われたこと、ない。

大好きな人が言ってくれるその言葉が、こんなにも破壊力を持つものだったとは知らなかった。

「楓さん……？」

「……わ、私……も……」

嬉しすぎて、恥ずかしすぎて、声が震える。

でも、ちゃんと言わなくちゃ。

「私も……智之さんとお付き合い、したいです」

「楓さん……っ」

「わあっ」

再びぎゅーっと力強く抱き締められる。

私は恐る恐る、彼の背中に手を回して自分からもぎゅっと抱き返した。

（あ……）

この時初めて、私は荻原さんの顔が耳まで真っ赤になっていることに気付いた。

これだけの想いを、この人は私に対して抱いてくれているのか。

それが嬉しくて、堪《たま》らなく嬉しくて、死んでしまいそう。

誰かを愛することは時に大きな苦しみをもたらすけれど、想いが報われた時、その苦しみ以上の幸福をもたらしてくれるんだってことを、私はこの時身をもって知った。

九

紆余曲折《うよきょくせつ》の末に荻原さん――智之さんと恋人同士になった私はその夜、彼のマンションにお邪魔していた。

しばらくは想いが成就《じょうじゅ》した余韻《よいん》を味わうようにあの場で抱き合っていた。だけど、二月の夜は寒くて、私は「へくちっ」とくしゃみをしてしまったのだ。

すると智之さんが慌てて、「すみません、いつまでもこんなところにいたら寒いですよね。よかったら家でお茶でも飲んでいきませんか」と誘ってくれた。

私もまだ智之さんと離れがたかったので、その誘いに乗った。

泣いてぐちゃぐちゃになった顔を他人に見られるのが恥ずかしかったので、電車ではなくタクシーで智之さんのマンションに向かい、今に至る。

移動中、私はもう逃げたりしないのに、智之さんはずっと私の手をぎゅっと握ってくれていた。私はそれが気恥ずかしくもあり、嬉しくもあった。

智之さんの部屋は相変わらず掃除が行き届き、綺麗に整理されている。この部屋に足を踏み入れるのは、これで三回目だ。

初めてこの部屋を訪れた時は状況が掴めず、すわ一夜の過《あやま》ちを犯してしまったのかと落ち着かなかったけど、今は違う意味でドキドキして落ち着かない。

ふいに、私と荻原さんのスマホがそれぞれ鳴った。

なんだろうと思って見てみると、社長からメールが来ている。

『ちゃんと仲直りできた？　週明け、きっちり話を聞かせてもらうから覚悟しなさい。そうそう、彼は私と楽しく飲んでるから心配しないでって、伝えておいてね』

そのメールには写真も添付されていて、荻原さんと一緒にいた同僚らしき男性と社長が仲良くツーショットで写っていた。

（そうだった……！）

荻原さんにも連れがいたんだ！

思わず傍《かたわ》らの荻原さんに視線を送ると、彼のスマホにも同僚さんからメールが来ていたようだ。

智之さんは「楓さんの上司と楽しく飲んでいるから気にするなと言われました」と、苦笑した。

今の今まですっかり忘れていたけど、置いてけぼりにする形になってしまった同僚さんが楽しく飲んでいると聞いて、私達はホッと胸を撫《な》で下ろす。……社長の好みのタイプではないから、毒牙にかかることはないだろう、たぶん。

「あ、あの、洗面所を借りてもいいですか？」

一安心した私は、とりあえずこの酷い顔をなんとかしなくてはと、コートを預けて洗面所を借りることにした。

「はい。その間にお茶を淹《い》れておきますね。コーヒーとほうじ茶、どちらがいいですか？」

「ほうじ茶でお願いします」

コーヒーも好きだけど、今はほうじ茶の方が魅力的に思えた。

智之さんにリクエストしてから、洗面所に入る。

崩れた化粧は直すより、もう落としてしまった方が良いだろう。

そう判断した私はメイク落としシートで化粧を落とし、顔を洗う。

もう一度化粧をしようか、それとも素顔のままでいようか迷ったけれど、結局薄く化粧をした。

付き合ったその夜にいきなりすっぴんで一緒にいるのは、私にはちょっとハードルが高いのだ。

それに、その……。好きな人の前では、なるべく綺麗な自分でいたい。

いつかは、すっぴんのままでも気にせずラフに過ごせる関係になれたらいいなあとは思う。けれど、恋人になった初めての夜くらい、気負ったっていいじゃないか。

「お、お待たせしました……」

洗面所から出ると、コートとスーツのジャケットを脱ぎ、ネクタイを外した智之さんが、リビングのテーブルに急須と湯呑を用意しているところだった。

私が着ていたコートは、皺《しわ》にならないようハンガーにかけられている。

優しいなあと思いつつ、私は促《うなが》されるままソファに座った。

リビング側に一つだけ置かれたソファは二人掛けで、壁際に置かれたテレビに面している。そうなると当然、智之さんは私の隣に座るわけで……

「…………っ」

すぐ横に感じられる恋人の体温に、私はドキッとしてしまった。

さっきだって外で抱き締め合ったのに、一度離れてから改めて接近するとこう……落ち着かない。

恋人のいない期間が長かったから、すっかりこういうことに免疫《めんえき》がなくなってしまったのだろう。

（……うん。色々拗《こじ》らせている自覚はある）

私は気まずさを誤魔化すように、淹《い》れてもらったほうじ茶を飲み、ほぅっと息を吐いた。

久しぶりに飲んだけど、ほうじ茶ってこんなにホッとする飲み物だったんだ。

「美味《おい》しい……」

「良かった。けっこう好きで、冬はよく飲んでるんです」

「へぇ、そうなんですね」

「………………」

「………………」

ど、どうしよう。話題が途切れてしまった。

こういう時何を話したらいいんだろう。私はこれまで読んだ恋愛漫画、恋愛小説の記憶の中から「恋人と二人っきりの時の会話シーン」を必死に検索した。

（うあああ、早く、早く何か気の利いた話題を……っ）

場を持たせるようにお茶を啜《すす》りながらも、私は内心でかなり焦っていた。

「……あの、楓さん……」

すると、それまで黙っていた智之さんが何かを決意したみたいに、私の方を向いて口を開く。

「……キスを、してもいいですか……？」

「ひぇっ」

キ、キス⁉　キスってあの、せ、接吻《せっぷん》のことですよね⁉

突然の申し出に混乱する私の隣で、智之さんは恥ずかしそうな、申し訳無さそうな顔で答えを待っている。

その表情をちょっと可愛いと思ってしまったのは、智之さんには内緒だ。

（……そ、そうだよね。恋人同士になったんだもん、キスくらいするよね）

かくいう私も、元カレとキスまでなら経験がある。でも、ものすごく恥ずかしかった思い出しかない。

恋愛漫画や恋愛小説では何度も目にした行為だが、好きな人と唇を合わせるなんて、現実でやるのはハードル高すぎやしませんか？

（どうしてあんなに自然にチュッチュできるんだよ～……）

しかし、私にとってハードルが高くて恥ずかしさを伴《ともな》う行為でも、今ここで拒《こば》んだら……よけい気まずくならないか？

それに、どうやら勇気を出して言ってくれたようなのに私が嫌がったりしたら、智之さんはどう思うだろう。私が逆の立場だったら傷付くな、うん。

私だって、恥ずかしさが先に立つだけで、智之さんとキスをするのが嫌なわけじゃない。

（……よ、よし……！）

私は逡巡《しゅんじゅん》の末、小さく頷いた。

「楓さん……」

智之さんが嬉しそうに微笑している。

ああ、答えを間違わずに済んだんだなとホッとしたら、ゆっくりと彼の顔が近付いてきた。

反射的にぎゅっと目を瞑《つぶ》ると、自分の唇に温かいものが当たる感触があった。

(あ……)

私は今、智之さんとキス……してる。

は、恥ずかしい。けれど、なんだろうこれ。すごく嬉しい。

「………っ」

彼との初めてのキスは、触れるだけのキスだった。

まるで初心《うぶ》な恋人同士がするような、少しだけぎこちないキス。

智之さんが離れていくのを感じ、私はそっと目を開ける。

すると、熱っぽい瞳で私を見つめる彼の顔が間近にあって、心臓が早鐘を打った。

「もう一度……」

そう言って、智之さんは今度は私の答えを待たず、再びキスをする。

ううん、一度じゃなかった。ちゅ……と触れては離れ、また触れる。そうして何度も、優しいキスをしてくれた。

「あ……っ」

そんな風に何度もキスをしているうちに、私はそっとソファの上に押し倒されていた。

こ、これは……！　この流れは、まさか……！

「すみません、楓さん。もっと、もっと、あなたに触れたいです」

熱に浮かされたような瞳で、智之さんが私を求めてくる。

それはつまりその、私とセ……セックスをしたい、ということですか。

(うあああああああ)

よくよく考えてみれば、こんな時間に彼氏の部屋を訪れたら、そりゃあそういう流れになりますよね！　恋人同士になったその夜にっていうのはちょっと早い気もするけれど、私も智之さんももう良い大人なのだ。

(……そういえば、智之さんは私のこと、恋愛上級者だと思ってるんだっけ……)

幾多《いくた》の恋を経験してきた恋愛上級者なら、むしろ自分から彼を誘惑して、めくるめく甘い一夜を過ごすのかもしれない。

だがしかし、実際の私は智之さんが思ってくれているような恋愛上級者じゃない。大学時代に同級生と付き合ったことが一度あるだけの恋愛初心者で、かつ処女なのだ。

現に、恋人に押し倒されているこの状況で、スマートに対処できずあたふたすることしかできない。

「駄目……ですか……？」

内心はパニック状態な私の沈黙を拒絶と受け取ったのか、智之さんが悲しそうな顔をする。

不覚にも、その表情にちょっとキュンとしてしまった。

「えっと、あの……」

考えろ、考えるんだ私！　これまで何十、何百冊と恋愛漫画や小説を読み漁《あさ》ってきたじゃないか。

幾度となく、恋人同士の甘い官能シーンを読んできたじゃないか。

こういう時、一番良い態度は、台詞《せりふ》は……

これまで読んできた恋愛物語のシーンが、頭の中でぐるぐると駆け巡る。

「楓さん……？」

「あ、あの、私……私は……」

さらに迫る、智之さんの整った顔。

言わなきゃ、何か言わなきゃと焦った私は――

「すみません！　私、本当はずっと嘘ついてました！」

気付けば、そう口走っていた。

「え……？」

「あっ……」

言ってしまったあああああ！

突然の告白に、智之さんはきょとんとしている。

だよね、いきなり「ずっと嘘ついてました」とか言われても、何のこっちゃだよね。

「あ、あの、実は……」

そして、私は彼にすべてを打ち明けた。

本当の私は、人様に恋愛指南をできるような恋愛上級者じゃないこと。

これまでに付き合った人は一人だけで、それも浮気されてフラれてしまったこと。

誤解されているとわかっていてもそれを訂正せずに、恋愛上級者のフリをしてずっと騙《だま》してしまっていたこと。

「今までさんざん偉そうなことを言って、本当に、すみませんでした……」

経験がないなりに、何とか知識を総動員して智之さんの力になろうとしてきたけれど、ずっと嘘をついていたことに変わりはない。

「ごめんなさい……」

ああ、これで嫌われてしまったらどうしよう。

智之さんはもしかしたら、『恋愛上級者の私』が好きだったのかもしれないじゃないか。

本当はキス一つでうろたえるような女だと知ったら、幻滅される可能性だってある。

「…………」

智之さんの反応を見るのが怖くて、自然と俯《うつむ》いてしまう。

やっぱり、黙っていた方が良かったのかな。

でもこんな嘘、恋人として一緒に過ごしていくうちに、遅かれ早かれボロが出ていただろう。

だからもしここでフラれてしまっても、仕方ない。……悲しいけど、嫌だけど、しかたな……っ。

俯《うつむ》いている私の頬に、荻原さんの大きな手が触れる。

「え……っ」

反射的に顔を上げた私の額《ひたい》に、彼はちゅっと口付けた。

「智之さん……？」

これはどういう意図での行為なのだろうかと戸惑う私に、智之さんは苦笑して言った。

「実は俺、楓さんが本当はあまり恋愛経験がないってこと、薄々気付いていていました」

「えっ」

な、なんですと……⁉

思いがけない言葉に、私はぽかんと口を開ける。

「なんとなくですが、男の人に慣れていないような、そういう雰囲気を感じることが時々あって」

「そ、そんな……」

必死に恋愛上級者を演じていたつもりだったのに、実はバレバレでした……なんて、恥ずかしすぎて死んでしまいそうなんですが……！

「だけど俺、嬉しかったんです。楓さんがそうまでして一生懸命、俺のことを考えてアドバイスしてくれるのが」

「だ、だって……」

引き受けたからには、頑張らなくちゃって。精一杯やらなくちゃって、思ったから……

「俺は、そんな楓さんが大好きです。でも、だからといって性急に事を進めようとしてしまってすみませんでした。……怖かった、ですよね」

「あ、あの」

怖かったというよりは、どうしていいかわからなくてパニックになってしまったというか、とにかく嫌なわけではなくて、その……

「大丈夫、無理に触れたりしません。今夜はもう遅いので、家までお送りしますね」

「ま、待って！」

もう帰れなんて言わないで！

私は咄嗟《とっさ》に智之さんの腕を掴んでいた。

「……まだ、一緒にいたいです……」

こんな気持ちのまま家に帰るのは嫌だ。

「楓さん……」

「離れたく、ないです。智之さんと一緒にいたいです」

私はそう、彼に言い募《つの》る。けれど、智之さんは首を横に振った。

「でも、正直、これ以上一緒にいたらあなたに手を出さない自信がありません。今もあなたに触れたくて、しかたないんです。……忍耐の利かない男で、幻滅しましたか？」

えっ、あっ、お、おおう……。そ、そんなにですか……

智之さんて、意外に肉食系男子なのかな……

見た目は「性欲なんてありません」みたいな、さらっとした草食系のイメージなのに。

(だけど、嬉しい……)

幻滅どころか、そんなに私のことを求めてくれているのかって、喜んでいる自分がいる。

「だ、出して下さい！　手！」

言ったあとでもっと違う言い方があったんじゃないかと思ったものの、考えるより先に口にしていた。

私だって、このままここで一緒に過ごすということがどういう意味なのかくらい、わかっている。わかっていて、それでも離れたくないのだ。

「その、怖くない……と言ったら嘘になりますけど、それは私に経験がないからで、初めてのことには不安がつきもので……」

って、だんだん自分が何を言いたいのかわからなくなってきた。

「経験がないって、もしかして、その……」

「あ、う……はい。処女、です」

うわあああ恥ずかしい……

私は真っ赤になっているだろう顔を両手で覆《おお》う。

「……ひ、引きましたか？　この歳になってまだ処女だなんて……」

「まさか！　……むしろ、嬉しいです」

ほ、本当に？　面倒くさいなあとか、思ってない？

「で、でも色々面倒をおかけしてしまうかも……。現に今だって、パニクってしまって……」

「面倒だなんて思いません。優しくしますし、大事にします。だから……俺のものになってくれませんか？」

「っ……！　と、智之さん……っ」

まるで恋愛漫画のヒーローのような台詞《せりふ》に、私の胸はキュンキュンと激しく高鳴る。

そして気付けば、初めて自分から、彼の唇にキスをしていた。

それが私の、彼の誘いに対する答えだった。


初めての経験がソファの上でというのはあれなので、キスをしたあと、私達は智之さんの寝室に場所を移した。

……これから智之さんが普段寝ているベッドで致すのかと思うと、頭が沸騰しそうだ。

「……触れても、いいですか？」

私をベッドの上に仰向けに寝かせると、彼はそう問いかけてきた。

いちいち聞かなくても、好きに触れていいのにな。でも、そんな律儀なところも彼らしくて、私はふっと笑いながら「はい」と頷いた。

彼の手はそっと、輪郭を撫《な》でるように私の頬に触れる。

その指先が徐々に下へ降りていって首筋に触れた瞬間、私はくすぐったさに似た感覚にびくっと身体を震わせた。

「……楓さん……」

熱っぽく私の名を呼びつつ、彼の手は服の上から私の身体を撫《な》でていく。

「んっ……」

布越しの愛撫《あいぶ》はもどかしくて、こそばゆかった。

それに、丁寧に撫《な》で回されるのは無性に……恥ずかしい。

そう考えていると、私の傍に腰掛けていた智之さんはギシッとベッドを鳴らし、私の上に覆《おお》い被さってきた。

「あ……っ」

私の身体を撫《な》で回す手はそのまま、彼は私の唇に触れるだけのキスを落とす。

かと思うと、私の唇の輪郭を舐め、少し強引に口内に入ってきた。

「んっ……」

智之さんは探るみたいに口内を舐め回してから、いったん顔を離す。

「……嫌じゃない、ですか？　気持ち悪くない？」

「だ、大丈夫……です」

どうやら、私の反応を気にしながら事を進めてくれるつもりらしい。

「嫌だと思ったら、いつでも言って下さいね」

そう言って、彼は私の額《ひたい》に甘やかすような優しいキスをくれる。

さっきは私に触れたくて、これ以上手を出さない自信がないなんて言っていたのに。

もし私が途中で嫌がったら、本当にやめてくれるのかな。その、男の人って最中に我慢するのはけっこう辛いって聞いたことがあるけど、どうなんだろう。

でも、智之さんならやめてくれそうだな。

こんなに優しく、大事そうに触れてくれるこの人なら、絶対に無理強《むりじ》いはしない。

そんな安心感が、私の心を温かく包んでくれる。初体験へ臨《のぞ》む不安も、少しずつ和《やわ》らいでいく気がした。

それに、相変わらず恥ずかしさはあるけれど、智之さんの手で触れられるのは気持ち良くて、もっと触れてほしいって思うんだ。

ディープキスも、嫌じゃなかった。気持ち悪くなんてなかった。

この先もしてほしいって、思った。

私は勇気を出して、自分から智之さんの首に両腕を伸ばし、抱き寄せる。

そして、そのままキスをした。

彼の眼鏡がちょっと当たってしまったけど、やや向きを変えてもう一度唇を合わせる。

「んっ、んん……っ」

恐る恐る舌を出して智之さんの唇をチロチロと舐め、口内に滑り込ませた。すると彼の舌がぬるりと私を絡め取ってくる。

その途端、主導権はあっさりと智之さんの手に渡った。

「ぁ……っ、はぅ……っ」

鼻で息をしながら、何度も何度も角度を変えてお互いの唇を貪《むさぼ》り合う。

こんなに激しいキスをしたのは初めてで、私はされるがままだった。

「ん、う、あ……っ」

唇の端から、混じり合った二人の唾液が零《こぼ》れる。

くちゅっ、ぐちゅっとわざと音を立ててするキスはとても嫌らしくて、ぞくぞくっと身体が震える。

「はあ……っ」

ようやくキスから解放されて、私はとろんとした目で智之さんを見上げた。

頭が甘く痺《しび》れるような感覚がある。それから、自分の身体の芯が熱くなっているのを感じた。

「楓さん……」

智之さんは私の名前を呼び、今度は首筋に顔を埋《うず》めてくる。

「んっ……」

ちりっとした痛みを覚えた。たぶん、肌をきつく吸われたのだと思う。

キスマーク、ついたかな。

首に当たる智之さんの髪がくすぐったいし、肌をねっとりと舌で舐められ、吸われるのもくすぐったくて、私はもじもじと身動《みじろ》ぎしてしまう。

それから智之さんは、私の服を脱がせていく。

襟ぐりの開いたビジュー付きグレイのニットをたくし上げられ、最後は万歳《ばんざい》の恰好で脱がせられた。

モノトーンのチェック柄スカートも、腰回りを撫《な》でられてホックの場所を突き止められる。

ジーッとジッパーを下げて脱がされたそれは、ニットと一緒に床に落ちた。

結果、私は上はブラ、下はパンツと黒のストッキングというなんとも恥ずかしい恰好で彼の眼前に晒《さら》される。

「あ、あんまり見ないで下さい……」

恥ずかしさを耐えきれず、私はそっぽを向いて右腕で胸を、左手で股を隠す。

それが大して意味の無い行為だとわかってはいても、そうせずにはいられなかった。

「……楓さん、可愛い」

智之さんは嬉しそうに囁《ささや》いて、ご機嫌をとるように私の髪にキスをくれる。

「うう……」

さっきからずっと思ってたんだけど、智之さんって普段の恋愛下手っぷりが嘘みたいに余裕があるというか、慣れていませんか？

いちいちキュンとくる言動をするしさあ……

なんなの、ベッドの上では豹変《ひょうへん》しちゃう系男子なの？

このテクニックを普段から活かせていたら、私の恋愛指南なんていらなかったんじゃないだろうか。

『誘ってもちっともヤらせてくれないし、変なとこ真面目でうるさいしさー』

（あ……）

ふいに、かつて元カレに投げつけられた言葉が甦《よみがえ》ってくる。

ただセックスがしたいだけで私と付き合っていた男。

もし、智之さんが本当は女慣れしていて、恋愛下手だなんて嘘をついて、恋愛指南を口実に私を騙《だま》しているんだとしたら……？

告白されて舞い上がって、その日のうちに身体を許しちゃうような私を、心の中でちょろい女だなって思っていたとしたら……

そんな疑念が浮かんできて、私は急に怖くなった。

「楓さん？」

智之さんが困惑した様子で私を呼ぶけど、返事ができない。

やだ、そんなのやだ……

「うう……」

「だ、大丈夫ですか……？」

急に泣き出してしまった私に、智之さんは慌てた。

それが演技だったらどうしようと、私はますます猜疑心《さいぎしん》を募《つの》らせる。

本当は、智之さんはそんな人じゃないってわかってる。でも、もし違ったら……

智之さんはどうしたものかとひとしきりオロオロしてから、そっと私の頭に触れた。

「……っ」

まるで小さな子どもにするみたいに、彼は私の頭を優しく撫《な》でる。

それから、「怖くなっちゃいました？」と優しく問いかけてきた。

「今日は、ここまでにしましょうか」

「……で、でも……」

「俺、楓さんに無理強《むりじ》いしたくないです」

智之さんは苦笑してベッドから立ち上がると、床に落ちている私の服を拾い始める。

「ま、待って……」

私は咄嗟《とっさ》に彼の腕を掴んでいた。

「楓さん……？」

もし智之さんが私の身体目当てだったとしたら、こんなにあっさり離れたりするだろうか。

ここまで脱がせたんだもの、いくらだって強行することはできる。

それに、女一人落とすのにこんな回りくどい手段を使う？

もし恋愛下手が演技だったとしたら、こんな面倒な手順を踏まなくても、智之さんのビジュアルならいくらだって女の人が引っかかるはず。

第一、出会った時に二股をかけられた挙句《あげく》フラれた彼の姿を見ているじゃないか。

それから先の、不器用ながらも一生懸命恋愛指南を受けている姿だって。

あれが全部演技だったなんて、嘘だったなんて思えない。

「ご、ごめんなさい。ちょっと、怖くなっただけなんです。だから、大丈夫。その……」

私は智之さんの腕を掴んだまま、俯《うつむ》いて言った。

「……智之さんが、な……慣れている様子だったから……、不安になって……」

まさか自分が騙《だま》されているんじゃないかと疑ったなんて言えず、私は言葉を濁《にご》す。

そんな私の言い訳を、智之さんは少し違った方向に受け取ったようだった。

「もしかして、嫉妬《しっと》……してくれたんですか？」

「えっ⁉」

嫉妬《しっと》⁉　あ、そうか。智之さんの過去の女性達にってことか。

言われてみれば、智之さんが慣れているのって、経験を積んできたからなんだもんね。過去に、私以外の女性達と。……うん、そう考えると確かにちょっと面白くない。

嫉妬《しっと》心を抱いたのは嘘じゃないので、私はこくんと頷いた。

すると、智之さんは嬉しそうに抱きついてくる。

「楓さん……」

しばらくベッドに腰掛けて私をぎゅーっと抱き締めていた智之さんは、そのまま再び私の身体をシーツの上に押し倒す。

「……いい、ですか？」

「はい、あの。また泣いたり、怖くなったりするかもしれないですけど、その、気にせず進めていただいてかまいませんので！」

疑ってごめんなさい。初体験は怖いし、不安だけど、智之さんとなら大丈夫だって思えるので。もう大丈夫です。

「……本当に駄目な時は、言って下さいね……？」

「う、はい。本当に駄目な時は、『ギブ』って言います。だから、それ以外は……」

どんなに泣いても、恥ずかしがっても、やめなくていいです。

そう告げると、智之さんは再び私の唇にキスを落とした。


「ふ、あ……っん」

二人とも生まれたままの姿になって、ベッドの上で身体を重ね合う。

初めて見た智之さんの裸は、細身なのに引き締まっていて、腹筋も硬かった。

意外に鍛《きた》えてるんだな……

彼は私の上に覆《おお》い被さり、手と舌で肌を弄《いじ》っていた。

智之さんは身体中を撫《な》で回し、舐め回し、私の反応を探り、知ろうとする。

それはもう、触れられていない場所がないんじゃないかってくらい執拗《しつよう》に。

足の指まで舐められた時は本当に恥ずかしくて、そんな汚いところ舐めないでって、涙目で訴えた。だけど智之さんは意に介さず、むしろ見せつけるみたいに足を持ち上げ、爪先に舌を這《は》わせたのだ。

こんなことなら、する前にシャワーを浴びさせてもらえば良かった。

そう思ったけれど、あとの祭り。

智之さんは私が恥ずかしがれば恥ずかしがるほど、嬉々として愛撫《あいぶ》を施《ほどこ》した。

……ちょっとSッ気があるんじゃないだろうか、この人。

私は抗議するような眼差しで、今はおへその周りを舐めている智之さんの頭を睨《にら》みつける。すると、彼はその視線に気付いたのか、タイミング良く顔を上げた。

「……っん」

もう何度目かわからないキスが、再び私の唇を襲う。

さっきまで私の肌を舐めていた舌が絡みつき、時折歯列をなぞりながら、自分の唾液を与えてくる。

「ん、ふっ、んん……っ」

頭の中がジン……っと甘く痺《しび》れる感覚を覚え、それに呼応するように私の下腹部がキュンッと疼《うず》く。

「ふあっ……」

甘い痺《しび》れに酔い痴《し》れていたら、それまで私の胸を撫《な》でていた彼の手が急に下腹へと伸びた。

茂《しげ》みの向こう、すでにトロトロと蜜を垂らす秘所に、彼の指が迫る。

「んんっ、ぁっ……」

蜜を撫《な》でつけるみたいに輪郭を撫《な》でられ、くぷ……っと指が一本入り込んでくる。

最初は、何だか変な感じがした。

だけど、くちゅくちゅと音を立てて蜜壷を擦られていくうちに、私は堪《たま》らず鼻にかかったような声を零《こぼ》してしまう。

「あっ、ああ……っ」

すると、私の口内を貪《むさぼ》っていた智之さんが顔を離し、今度は胸元へと顔を埋《うず》める。

左手で蜜壷に、右手で私の左胸に触れながら、彼は右胸の頂《いただき》にちゅっと口をつけると、そのまま
まねっとりと舌先で愛撫《あいぶ》し始めた。

「ふぁ……っあ……んっ……」

彼の右手はやわやわと丘陵《きゅうりょう》を揉《も》みしだき、時折頂《いただき》をきゅっと抓《つま》む。そうされていくうちに、だんだんと頂《いただき》がジンジンと疼《うず》く。恐る恐る視線をやってみると、彼の指に捏《こ》ね繰り回された私の左胸の頂《いただき》は、ぷくりと勃《た》ち上がっていた。たぶん、唇で愛撫《あいぶ》されている右胸も同様だろう。

「あっ、あ……っ、う……ああっ……ん」

上半身と下半身を同時に愛撫《あいぶ》され、されるがままの私は、与えられる官能に悶《もだ》えることしかできない。

この快楽から逃れようと、私の身体は無意識に身動《みじろ》ぎを繰り返す。

いや、逃げたいのではなく、もっともっと気持ち良くなろうとして腰を揺らしてしまっているのかもしれない。

「ひっ、あっ……」

(な、なにか……きてる……っ)

蜜壷を攻める彼の指がもう一本増え、先程より激しく、性急に擦り上げてくる。

ゾクゾクと腰が震えるような何かが近付いてきて、私は怖くなった。

これからくるソレに備え、腰が浮いてしまう。

「あ……っ」

すると、そのタイミングを見計らったかのように、これまで蜜壷の中を愛撫《あいぶ》していた指の腹が、一番敏感な花芯に触れた。

「あっ……！　や、だめっ、そこ、だめぇ……っ」

一段と強烈な快感が、身体を走る。

自分が自分でなくなってしまうのではないか、そんな不安が胸一杯に広がっていった。

私の恐怖を感じとって、やめてくれたのだろうか。そう胸を撫《な》で下ろしたのも束の間――

その時、智之さんが愛撫《あいぶ》の手を止めた。

「えっ、ま、待って、だめ……っ」

彼はいったん身を離したかと思ったら、体勢をずらし、私の秘所に顔を埋《うず》めたのだ。

「汚いからっ、だめっ……」

しかし彼は制止の声を聞かず、秘所に口付け、舌先で花芯をねっとりと舐めた。

指でされるのとは違う刺激が私を襲う。

「あっ、ああっ……！」

その瞬間、私は頭の中が真っ白になるほどの強烈な快感を覚えた。

「……っ、ぁ……っ」

腰がびくびくと震えている。

これが、私が人生で初めて味わった絶頂だった。

「はあ、はあ……っ」

たった一度絶頂を覚えただけで、私の息は上がっている。

全身が甘く痺《しび》れるくらいの余韻《よいん》に浸《ひた》ったまま転がっている私に、智之さんは微笑を浮かべて、「感じやすいんですね」と茶化すみたいに言った。

「……っ、し、知らない……っ」

初めてなのに呆気なくイッてしまった自分が無性に恥ずかしく、私は彼から顔を背けた。

だって、本当に知らない。こんな、頭が蕩《とろ》けてしまいそうな感じ方をしたのは、生まれて初めてなのだ。

「からかってごめんなさい。ただ、嬉しくて」

智之さんはそう言って、ご機嫌をとるように私の髪を一房手にとると、ちゅっと口付けを落とす。

「俺の手で感じてくれているのが嬉しくて、つい意地悪なことを言ってしまいました」

「うう……」

赤面モノの台詞《せりふ》を、そんな甘い微笑を浮かべながら言うのはやめてほしい。

ますます恥ずかしくなるではないか。

「んっ……」

そうこうしているうちに、智之さんは閉じていた私の足を開かせると、トロトロとはしたなく蜜を垂らす秘所に再び顔を埋《うず》めた。

ぴちゅっ、くちゅっ……と、わざと音を立てて蜜を舐め取る。

「あ……っ、ふ……」

果てたばかりのソコはより敏感になっていて、彼の吐息がかかるだけでぞくぞくっと震えがきた。

ひとしきり蜜を舐め取ると、智之さんは顔を離し、今度は指でくぷくぷと蜜壷を愛撫《あいぶ》し始める。

固く閉じた蕾《つぼみ》を優しく開くような、柔らかく解《ほぐ》すようなその動きに、私は彼の意図を察した。

たぶん、彼は初めて男性を受け入れる私がなるべく痛みを感じずに済むよう、丁寧に愛撫《あいぶ》を施《ほどこ》してくれているんだと思う。

やがて智之さんは私から離れると、ベッドヘッドにある棚から避妊具を取り出し、背を向けてそれを装着した。

男の人がどうやってゴムを着けるのか、ちょっと見てみたい気もする。けれど、これからいよいよ智之さんと結ばれるのだと思うと緊張してしまって、私はドキドキしながらベッドの上で大人しく彼を待った。

少ししてから、避妊具を着けた智之さんが、再び覆《おお》い被さってくる。

「……んっ」

私の緊張を察してか、それとも、ただしたいと思ってくれたのか、彼は唇にちゅっと触れるだけのキスをした。それからそっと右手を自身に添え、私の秘所に宛《あて》がう。

「…………」

私は恐る恐る彼自身を見つめる。

（ひえ……っ）

他の男性のモノなんて見たことがないから比べようがないけれど、思っていたより大きい……

漫画や小説のヒロイン達のように、「えっ、こんな大きくて太いのが本当に入るの？」と思う。

（絶対痛いよね……）

これまで読んできた作品の中で、破瓜《はか》の痛みは色々な言葉で表現されてきたけれど、どれもいまいちピンとこなかった。

経験があれば、それに共感したり、あるいはちょっと違うと思ったりするのかな～と考えていたけれど、ついにそれを実地で経験するのか。

「……っ」

「……いきますね」

智之さんが軽く息を呑み、ゆっくりと私のナカに押し入ってくる。

「いっ……」

（いったぁあああああ！）

め、めちゃくちゃ痛い……っ！

「うっ……」

狭いところに無理やり押し入ってこられたことで、圧迫感と想像以上の痛みが私を襲い、ぽろりと涙が零《こぼ》れる。

「うう……っ」

痛みから逃れようと、無意識に身体を引いてしまう。

そんな私をなだめるみたいに、智之さんはちゅ、ちゅっと何度も私の唇にキスをしてくれた。

まだ先っぽしか入っていないのに、すでにすごく痛い。

「…………っ」

痛がる私を見て、智之さんはいったん腰を引き、自身を引き抜く。

無理、もうここで止めたい……だけど、痛がる私を慰《なぐさ》めるように頭を撫《な》でてくれる智之さんの顔を見ていたら、この人とちゃんと最後まで繋がりたいと思った。

「と、智之さん……っ」

私は泣きながら、彼の頬に手を伸ばす。

「だいじょうぶ、だから……っ。最後まで、して……下さい……っ」

「楓さん……っ」

彼は私の耳元に顔を伏せ、「ありがとうございます」と囁《ささや》いた。

耳の中に彼の熱い吐息が吹き込まれて、それだけでぞくぞくっと快感を覚えてしまう。どうやら私は耳の中も弱いようだ。

そして、智之さんは再び自身を私の秘所に宛《あて》がうと、慎重に腰を進めた。

一気に貫《つらぬ》かれるのと、ゆっくり貫《つらぬ》かれるのとではどちらが痛いんだろう。そう思いながら、私は痛みをやり過ごすように、自分の右手を掴む彼の左手をぎゅううっと握り締めた。

「いっ……」

痛ぁい！　と、叫べたら楽かもしれない。

でも、それを言ってしまったら、また智之さんが遠慮して途中で止めてしまうだろう。

ここまできたら我慢するしかないと覚悟を決め、私はぎゅっと目を瞑《つぶ》り、襲いくる痛みを耐えた。

「……楓さん」

「………？」

それからどれくらいの時間が経ったのか。

現実には数分も経っていなかったのだろうけれど、私にはとても長く感じられた時間の末、智之さんが「目を開けて」と優しく囁《ささや》く。

恐る恐る目を開けると、智之さん自身が根元まで私のナカに埋《う》め込まれていた。

「あっ……」

最後まで彼を受け入れることができたんだ。

相変わらず痛みはあるし、結合部を目にしてしまった恥ずかしさでかあぁっと身体が熱いけれど、今はむしろ……

（なんだろうか、このやり遂《と》げた感……）

妙な達成感で、胸がいっぱいだった。

あるいはこれが、愛する人と一つになれた喜び、というやつなのかもしれない。

「嬉しい……」

思わず泣きながら感極まった声を上げると、智之さんが小さく唸《うな》るような声を漏《も》らした。

……ん？　心なしかお腹の圧迫感が増した気がするんだけど、気のせいかな……？

「楓さん、あなたって人は、本当に……」

「えっ、わっ」

繋がったまま、智之さんは私の身体の上に倒れ込むみたいにして、ぎゅうっと抱き締めてくる。

な、なんだ？　どうしたんだ⁉

「大好きです、楓さん。愛しています……！」

（ひょえええええ！）

急に熱烈な愛の言葉を囁《ささや》き出した恋人に、私はあたふたとうろたえてしまう。

ええと、こういう時は……

「……私も、大好き」

これで、いいんだよね？

「……っ」

今度は熱烈なチューが繰り出された。うん、たぶんさっきの答えで良かったんだろう。

「んっ……」

ちゅ、ちゅっと音を立ててするキスは、再びねっとりと舌を絡め合うキスに変わる。

ひとしきり私の唇を貪《むさぼ》ると、智之さんは熱に浮かされた眼差しで「……動いても、いいですか？」と問いかけてきた。

そういえば、挿入しただけでハイ終わり、じゃないもんね。

「……は、はい……」

私はこれからさらに襲ってくるだろう痛みと羞恥心《しゅうちしん》に怯《おび》えつつ、こくりと頷く。

智之さんは「ありがとう」と言う代わりか、私の唇にちゅっとキスをすると、慎重に上半身を起こした。

そして、私の顔の横に手を置いて身体を支えると、ゆっくりと上から叩くように腰を動かし始める。

「んっ、んんっ」

この状態で動かれるのは、正直痛かった。

けれど、熱い肉棒をねっとりと抜き差しされるうちに、私の身体に痛みだけではない感覚が生まれ始める。

腰を優しく打ちつけられる度《たび》、もっと、もっとと強請《ねだ》るみたいに腰が揺れた。

さっきまで処女だったのに、初めてなのにこんな反応をしてしまうなんて、私はおかしいのかな。

だけど、必死に私を求めてくれる智之さんの顔を見ていると、どうしようもなく疼《うず》いてしまうのだ。

（……智之さん、苦しそう……）

男性の生理はよくわからないけれど、こういう時、本当は自分の好きに、激しく動きたいんじゃないだろうか。

でも、智之さんはあくまで私を気遣い、優しくしてくれる。

私が恐怖を感じないように何度もキスをして、頭を撫《な》で、私が気持ち良くなるために愛撫《あいぶ》してくれる。

それらの行為すべてに彼の愛情が溢れているみたいで、私は嬉しくて堪《たま》らなかった。

彼の額《ひたい》から零《こぼ》れる汗一つまで、今の私には愛おしく思える。

これが、満たされるということなのだろう。

これが、愛する人と結ばれる喜びなのだろう。

「あっ、んっ、ああっ……」

そうして私達はゆっくりと互いの熱を高め合い、私が二度目の絶頂を迎えてほどなく、彼はほんの少しの間だけ激しく腰を打ちつける。そして、私から自身を引き抜いてゴムの中に精を吐いた。

「はあ……っ」

とたん、身体がどっと疲れを訴え始める。

たくさん汗をかいていて、今すぐシャワーを浴びてしまいたい気持ちだけど、動くのも億劫《おっくう》なくらい身体が重い。

それに……

「……楓さん」

避妊具の始末を終えた智之さんが嬉しそうに私の身体を抱き寄せてくれたから、ますます動きたくなくなった。

私達は裸のまま抱き合って、乱れたシーツに寝転がる。

お互いに言葉はなかった。けれど、何も言わなくても、彼が私をとても労《いた》わって、愛おしく思ってくれていることが伝わってきて、私はじゅうぶん幸せだった。

(智之さん、大好き……)

恋人の胸に抱かれて眠るなんて、まるで恋愛物語のヒロインみたいだな。

そう思いながら、私は疲れからくる眠気に耐えきれず、意識を手放したのだった。

「う……っ」

そして翌日。

目覚めた私は腰と……ま、股に痛みを感じ、呻《うめ》き声を上げた。

初めてこのベッドで目を覚ました時も、二日酔いからくる頭痛で目を覚ましたけれど、今日は初体験による下半身の痛みか……と、苦笑してしまう。

(そっか、私、智之さんと……)

痛みから昨夜の痴態《ちたい》が思い出され、私の顔がかああっと熱くなった。

(うわあ、どんな顔して智之さんに会えばいいんだろう。は、恥ずかしい……)

寝室にはすでに智之さんの姿はなかった。

部屋の明るさを見るにもう朝のようだから、先に起きて寝室を出たのかもしれない。

「……これ、智之さんがやってくれた……んだよね……?」

裸なのは寝入ってしまう前と同じだが、汗と自分の愛液でべとべとになっていたはずの身体が綺麗になっていた。

申し訳無い上に恥ずかしく、彼と顔を合わせるのが嫌になる。

(かといって、いつまでも裸でベッドに引きこもっているわけにはいかないか……)

「いたた……」

私は痛む腰をさすりながらベッドを降りた。

自分の服を探して寝室を見回すと、椅子の上に畳まれて置かれているのを見つけた。下着も一緒にある。智之さんが畳んでくれたのだろう。うう、これまた恥ずかしい。

とにかく下着と服を身に着けると、タイミング良くノックの音が響いた。

「失礼します」

律儀にそう断ってから扉を開け、智之さんが姿を現す。

彼は最初にこの部屋で朝を迎えた時と同じ、腕捲《うでまく》りした白いシャツとエプロン姿だった。

「おはようございます、楓さん」

ただ、あの時とは違って、私達はもう赤の他人同士じゃなく、恋人同士。

私を見つめる智之さんの瞳には隠しきれない甘さがある。顔を合わせたくないなんて思っていたのが嘘のように、私は嬉しくなってしまう。

「おはようございます、智之さん」

「ちょうど朝食ができたので、起こそうと思ったんです。食べますよね？」

智之さんの朝ごはん！　楽しみだ。

「はい、ごちそうになります。あ、でも、その前に洗面所を貸して下さい」

私は朝食の前に洗面所を借りて身支度を整える。

それからダイニングテーブルにつくと、相変わらず旅館の朝食のような料理がずらりと並んでいた。

濃紺《のうこん》のランチョンマットの上、ご飯茶碗に盛られているのはぴかぴか炊《た》き立ての白いご飯。お味噌汁の具はなめことお豆腐で、お漬物はキュウリとカブの浅漬けだ。

それから、大根おろしを添えたダシ巻き卵に焼きサバ。副菜として油揚げと人参、枝豆の入ったひじきの煮物まである！

一汁三菜を体現した美味《おい》しそうな朝食に、私は感動を覚えた。

二人で一緒に手を合わせ、いただきますをしてからさっそく箸《はし》を手に朝食を口にする。

「ん～、最高……！」

お味噌汁の塩梅《あんばい》もほどよいし、ダシ巻き卵はふんわり柔らかくて、ご飯の硬さも私好み！

「もう、智之さんをお嫁さんにしたいくらいです」

完璧な和の朝食に感動するあまり、そんな冗談を口走る。すると、智之さんはぴたりと箸《はし》を止め、しばし真剣な顔で考え込んだのち、「わかりました」と言った。

え？　なにが？

「結婚しましょう、楓さん」

「ええっ⁉」

ちょっ、待って！　あやうくお味噌汁を噴き出すところだったんですが！

私達、昨日恋人同士になったばかりですよ？　そりゃあ、その日の内に一線を越えましたけど、だからといってその翌朝にプロポーズって！

お嫁さんにしたいなんて言った私が悪いのか？　そうなのか!?

「な、なんで……」

「それはもちろん、結婚したいくらい楓さんのことを好きだからです」

「なっ」

そ、そんな、さも当然じゃないですかみたいな顔でさらっと言わないでぇえ！

「さ、さすがにそれは……」

「俺と結婚するのは嫌……ですか？」

ああ、智之さんがしゅんとしている。

ち、違うんですよ！　そういうことじゃなくて……！

「は、話が急すぎます！　そりゃあ、いずれそうなれたらいいなって思いますけど……」

私だって、その、智之さんのこと、結婚したいって思うくらい好きですよ。

だけど物事には順序というものがあるし、急《せ》いては事をし損じるという格言もあってですね。

「私達、昨日付き合い出したばかりじゃないですか。こういうことはもう少しお互いのことを知ってからの方がいいと思いますし、何よりもう少し、智之さんと恋人同士の時間を過ごしたいです」

「楓さん……」

「ねっ？　ゆっくり、焦らずやっていきましょう」

なんだか、また彼の恋愛指南役に戻ったような気持ちで言うと、智之さんは素直に頷いてくれた。

「はい」

「ん、よろしい。というわけで、これからもどうぞよろしくお願いいたします」

恋愛指南役としてではなく、恋人として。

生真面目で、不器用で、時々頑固で融通《ゆうずう》の利かないところもあるけれど、とても優しい智之さんの傍にいたいと、心から思う。

「はい。こちらこそ、どうぞよろしくお願いいたします」

ダイニングテーブルを挟んで、いい大人二人が頭を下げ合う。

この光景も、始まりの時と同じだ。

恋人同士の会話にしてはちょっと硬い、けれど私達らしいといえばらしい挨拶《あいさつ》に、私は智之さんと顔を見合わせてふっと笑ってしまった。

思いがけない出会いから始まり、色々なことがあって、二人で辿り着いた幸福な結末。

これから先も、こうして智之さんと笑い合って生きていけたらいいな。

私は、このハッピーエンドがずっと続いていくことを願わずにはいられなかった。

エピローグ

（あ、これ……）

部屋の掃除がてら荷物の整理をしていたら、懐かしい本が出てきた。

子どものころ夢中になって読んだ、お姫様と王子様の絵本だ。

そういえば実家を出る時、アルバムと一緒にこの段ボールに詰めて持ってきていたんだっけ。

その段ボールは長いことクローゼットの中にしまいっぱなしで、こうして開けるまで何を入れていたのかすっかり忘れていた。

そっか、ここに入っていたんだ。

宝物のようにずっと大事にしていて、上京した時も持ってきていたのに、都会での一人暮らしに慣れるのに必死で、結局一度も読むことはなかった。

その絵本を久しぶりに手にとり、表紙を捲《めく》る。

多少くたびれてはいたけど、ずっと段ボールの中に入れていたからか、思ったより状態は良かった。

「うわあ……」

そうそう、こんなお話だったっけと懐かしく思いながらページを捲《めく》る。

優しい語り口と、淡い色彩の絵で紡《つむ》がれるお姫様と王子様の恋愛物語。

大人になってから読み返してみても、やっぱり良い作品だな。

この本が、私の憧れの原点。

いつかこんな恋がしたいって、ずっと夢見ていたっけ。

最初から最後までゆっくりと目を通し、私はその絵本を整理したばかりの本棚に差した。

これからはいつでも、読みたいと思った時に手にとれる。

他に何が入っているだろうと段ボールの中を見てみると、小中高のアルバムと一緒に五冊の漫画本が入っていた。

背表紙と中の紙が少し日に焼けてしまっている、古い漫画本だ。

（そうだ、これも一緒に入れてたんだ……）

全五巻で完結しているその漫画は、小学校低学年のころ夢中になって読んだ少女漫画だった。

一巻を手にとりページを捲《めく》ると、あのころ夢中になって読み込んだ懐かしいシーンが目に飛び込んでくる。

私はいったん片付けの手を止め、その少女漫画をじっくりと読み始めた。

掃除をしている時、特に本を整理している時って、無性に読みたくなるんだよね。

（……うん。この漫画、今読んでもやっぱり面白い！）

夢中になって読み進めていたら、あっというまに最終巻を手にしていた。

もうすぐ終わってしまうのかと、名残《なごり》を惜しみながらページを捲《めく》る。

そしてとうとう、最後のシーンになってしまった。

ラストは見開きのページになっていて、身も心も結ばれたヒロインとヒーローが、大きなベッドで幸せそうに寄り添い、朝を迎えている姿が描かれている。

(懐かしい……)

私もいつかこんな朝を迎えたいって、強く感じたっけ。

あのころ感じた憧憬《どうけい》が胸に甦《よみがえ》り、私はほうっと嘆息《たんそく》する。

(私は……)

ずっと、あの絵本やこの少女漫画みたいな、心ときめく恋愛に憧れていた。

だけど初めての恋に傷付いて、もう恋なんてしなくていい、自分でしなくたって、恋愛物語を読んでさえいればそれで十分心は満たされるんだって思っていた。

でも、思いがけず智之さんと出会って、必死に恋愛上級者を装《よそお》いながら彼にレッスンを続けていくうちに、だんだんと惹《ひ》かれていった。

本当、まさかまた誰かを好きになる日が来るなんて夢にも思わなかったよ。

人を好きになるのはやっぱりちょっと苦しい時もあって、思い悩んだこともあったし、想いを伝えるのにはとても勇気が必要だった。

今でも時々不安に思うことはある。もし智之さんに嫌われてしまったらどうしよう、またフラれてしまったらどうしよう……って。

だけど、それ以上に、智之さんと一緒にいると、「ああ、幸せだなあ」って思うことの方が多いんだ。

あのころ憧れた恋愛物語のヒロイン達も、こんな気持ちだったのかな。

私は少女漫画の最終巻を胸に抱いて、ベッドにごろんと寝転がる。そしてもう一度ページを開いて、大好きなあの朝のシーンを眺めた。

智之さんと初めて結ばれて迎えた朝は、彼は先に起きていてベッドには私一人だったし、身体は痛いしで、あまりロマンティックとは言えなかったけど、それはそれで私達らしい朝だった。

それにいつかは、智之さんとこんなロマンティックな朝を迎えられるかもしれないし……

智之さんの腕枕に抱かれて……とかさ。

(きゃー!)

自分の妄想にときめいて、私は足をジタバタさせてしまう。

……いつか、そんな日が来るといいな。

もちろん、これからだって変わらず恋愛物語は読み続けるけど、それだけじゃなくて、現実の恋もしっかり楽しんで、大切にしていきたい。

智之さんといっぱい、ときめくような恋がしたい。

私はそう、改めて思った。

「……って、あああっ!」

物語の余韻《よいん》に浸《ひた》って、決意を新たにしている場合じゃないよ!

まだ掃除の途中だったんだ!

そして何故私が掃除をしていたのかというと、今日！　これから！　智之さんが初めて家に来るんだよー！

「やばい！」

約束の時間まであと一時間だ！

もう、どうしてじっくり漫画読んじゃったの私！　しかも五冊も！

ええと、整理した荷物をクローゼットにしまって、棚の上の埃《ほこり》を落として掃除機をかけてテーブルを拭《ふ》いて……

あっ、そうだちょっと恥ずかしいタイトルの漫画や小説も、とりあえずクローゼットに隠しておかなくちゃ！

「急げ～！」

こんなギリギリになって慌てるくらいなら、前々からちゃんと掃除しておけよと思うよね？

一応そのつもりはあったんだよ。でも、最近仕事でトラブルが頻発《ひんぱつ》したせいで残業続きで、今日まで時間がとれなかったんだ。

（あ～！　私の馬鹿～！）

自分のダメっぷりを嘆きつつも、私はなんとか智之さんが来るまでには終わらせようと、未《いま》だかつてない集中力で部屋の片付けと掃除を済ませた。

途中、整理しきれなかった荷物はとりあえずクローゼットに隠して誤魔化したけど、うん、なんとか部屋は綺麗になったよ！

ふう～っと達成感に浸《ひた》っていると、約束の時間の五分前に部屋のインターフォンが鳴った。

「あ！」

智之さん、だよね。

ドキドキしながら玄関へ行ってドアスコープを覗くと、そこには待ち人が立っていた。

私は一呼吸置いてから、鍵を回して扉を開く。

「こんにちは、楓さん。お邪魔します」

「智之さん、いらっしゃい。どうぞ上がって下さい」

えへへ。やっぱり初めて部屋にお迎えするのはちょっと緊張するね。

「これ、お土産《みやげ》です」

「わあ、ありがとうございます！」

私もよく食べに行くドーナツ屋さんの箱だ。一緒に食べましょうね！　……って、あああああ！

(忘れてた！)

現在我が家には、智之さんにお出しする飲み物がありません！

あああ、普段お客さんなんて来ないから、お茶とかコーヒーを置いてないんだった。

自分で飲む分はコンビニで買って来ちゃうからなあ。

仕事帰りに買ってくるつもりが、今の今まですっかり忘れていました。

冷蔵庫にミネラルウォーターは入っているけど、部屋に遊びに来てくれた恋人に振る舞うのが水ってどうなの!?

「楓さん？」

玄関先で突然固まった私に、智之さんが「どうしました？」と気遣うような視線を向ける。

「あ、あの～、実は……」

なんとか誤魔化そうかとは思ったけど策が浮かばず、私は正直に飲み物を用意していなかったことを話した。

ううう、申し訳無いやら恥ずかしいやら……

神妙な顔で正直に告白すると、智之さんは「ぷっ」と噴き出し、慌てて自分の口を押さえた。

「むっ」

確かに忘れた私が悪いですし、我ながら間抜けだなと思いますけど、笑わなくたっていいじゃないですかー！

「す、すみません。深刻な顔で何を言うかと思ったら『飲み物忘れました、すみません！』だったので、つい……」

「だ、だって、水しかないんですもん」

「俺は水でもいいですよ」

「駄目です！　ドーナツを美味《おい》しく食べるならやっぱりお茶かコーヒーが必要です！」

「……っ」

あああっ、智之さんがさっきの比じゃなく笑っている！

口元を押さえて俯《うつむ》いているけど、肩がふるふる震えているから、笑ってるのが丸わかりだよ！

もう！　智之さんの馬鹿！

そして私の馬鹿！　掃除はギリギリだし飲み物は忘れるし、食い意地の張ったこと言っちゃうしで、ダメダメじゃないか。

でも、飲み物にこだわるのは何もドーナツだけが理由じゃない。

私は唇を尖《とが》らせながら呟《つぶや》いた。

「……せっかく智之さんが来てくれたんだから、もっとこう、美味《おい》しいお茶とかコーヒーをお出しして、ちゃんとおもてなししたいんです」

「楓さん……」

「とりあえず何か買ってくるので、部屋で待っていてもらってもいいですか？」

「待って下さい」

財布を取りに行こうと踵《きびす》を返すと、智之さんが慌てて私の手を掴んだ。

「俺も行きます」

「え、でも……」

智之さん、駅から歩いて来たばかりなのに。

「俺が一緒に行きたいんです。ね？」

そう言われて、私は気圧《けお》され、こくんと頷いてしまった。

「よかった。それじゃあ、行きましょうか」

「はい。あ、あの、すみません。ありがとうございます」

「いいえ。俺が、楓さんと一緒にいたいだけですから」

智之さんはそう言って、はにかんだように笑った。

「〜っ」

彼が時折見せるこの笑顔に、私はとても弱い。

心がきゅうんとときめいて、顔がかああっと熱くなってしまうのだ。

こんな時、私は思う。

恋愛物語のヒロインになったみたいだ！　って。

ずぼらだし家事は苦手だし食い意地は張っているしで、ちっともヒロインらしくない私だけど。

だから物語のようなロマンティックな展開は似合わないかもしれないけど、いいんだ。

私は私らしく、ありのままで。

智之さんと私だけの恋愛物語を、これからも紡《つむ》いでいくんだから。

「……はい。一緒に、行きましょう」

私達は仲良く手を繋いで、一緒に飲み物を買いに出た。

そして、部屋に帰って来てから淹《い》れたてのコーヒーとともに二人で食べたドーナツは甘くて、なんだかとても、幸せな味がした。

番外編

彼の暴走、彼女の我儘《わがまま》

智之さんとお付き合いするようになってから、早いものでもう二ヶ月が経った。

交際は順調……だと思う。週末はよく彼の部屋に泊まりに行っているし、来月のゴールデンウィークには初の旅行も計画している。

ただ、私の部屋にはまだ一度しか呼んだことがないんだよね。だって、智之さんの部屋の方が広いし綺麗だし居心地が良い。

それに、私の部屋のベッドは二人で寝るには狭いので、もっぱら私が彼の部屋に入り浸《びた》っている。

おかげで智之さんの部屋には着々と私の私物が増えております。

今週も金曜日の夜からこの部屋にお邪魔して、旅行の計画を立てたり買い物に行ったりと、充実した週末を過ごした。

そんな、ある四月の日曜日の夜。

自分のマンションに帰る前に一緒に夕食をとろうと、私は智之さんと並んでキッチンに立っていた。

智之さんはご両親が共働きで、昔から自分で食事を作っていたんだって。

特に和食は作るのも食べるのも好きらしく、昔から朝食はお米、それも一汁三菜揃っていないと落ち着かないみたい。お昼も、毎日お弁当を作って持って行っているようだ。

そんなわけで、部屋に遊びに来た時には、いつも智之さんの美味《おい》しい料理をごちそうになっている。しかも時々、お惣菜《そうざい》を多めに作って帰りに持たせてくれたりもするんだ。初めて貰った時は「お母さんか！」と内心でツッコミを入れてしまったけれど、毎回ありがたくいただいております。

おかげさまで、私の食生活はすっかり充実している。そのためか、最近は肌の調子も良い。

ただ、いつもごちそうになるだけじゃ悪いので、お皿を洗うのは私がしている。あと、最近は一緒に料理をするようになった。

てきぱきと手際よく料理している智之さんの恰好良い姿を見ていたら、自分も少しは料理を覚えたいなって思ったんだ。

そう話したら、智之さんは快《こころよ》く先生役を引き受けてくれた。

というわけで今夜も、この間のデートで一緒に買ったお揃いのエプロンを身に着けて、智之先生の指導の下、ビーフシチューを作っている。

大根と蓮根《れんこん》、それから隠し味に味噌を使った和風のビーフシチューだ。

「かつら剥《む》きをする時は、親指の腹に意識を置くとやりやすいですよ」

「は、はい」

智之さんのアドバイスを聞きながら、大根をかつら剥《む》きにする。

ぐぬぬ……、油断すると皮が分厚くなっちゃう。

「……で、できた！」

ちょっといびつだけど、どうにか大根の皮が剥《む》けました！

それだけのことがなんだかとっても嬉しくて、私は剥《む》いた皮と大根を智之さんに「見て見て！」と見せびらかしてしまう。

（……って、子どもか！）

「よくできました」

でも智之さんは、そんな私に呆れもせず、褒《ほ》めてくれた。

えへへ、なんだか無性に嬉しいぞ。

市販のルーを使わずに作る本格派のビーフシチューは時間も手間もかかったけど、二人で一緒に作れるのが楽しくて、苦にならなかった。

一人の時は「料理なんて面倒くさい！」って思っていたのに、恋人と一緒だとこうも違うのか～となんだか不思議な気持ちだ。

ビーフシチューは、もう少し煮込んだら完成。ご飯もあと十分ほどで炊《た》き上がる。

副菜は、智之さんが作り置きしている常備菜からプチトマトとキュウリの甘酢漬け、ナスの揚げ浸《びた》しを出す予定。それからお漬物は、私が会社でお土産《みやげ》にもらったしば漬けだ。

大根が入ったビーフシチューなんて初めて。早く食べたいな～って思いながら、調理で使った道具や食器を二人で洗う。ちなみに私が洗い担当で、智之さんが拭《ふ》き担当だ。

「楓さん。やっぱり、今夜も泊まっていきませんか？」

私が渡した食器を拭《ふ》きつつ、智之さんがそんなことを言い出す。

智之さんって、実はけっこう寂しがり屋さんなのだ。

付き合ってから見えてきた彼の意外な一面を、私は密かに「可愛いなぁ、この人」と感じていたりする。

だって、私が帰る時間が近付くと、いつもこうして引き止めてくれるからさ。もっと一緒にいたいって思ってもらえるのは嬉しいし、恋人冥利《みょうり》に尽きるじゃないですか。

ただ明日は仕事があるので、今日も泊まっていくっていうのはちょっと難しい。いったん帰ってからこっちに来たので、仕事用の鞄《かばん》とかは自分の家に置いてあるし。

そう伝えると、智之さんはしゅん……として、「我儘《わがまま》を言ってすみません」と言った。

なんだか飼い主に散歩を断られたワンコのような哀愁《あいしゅう》を感じる。なんて、本人には言えないけどね。

「こちらこそごめんなさい。でも、まだ帰るまで時間はありますし、その……、たくさんいちゃいちゃできますよ？」

「楓さん……」

智之さんはなんとも嬉しそうな顔をする。

そんなところも可愛いなあと思う私は、すっかり智之さんにぞっこんだ。ラブだ。

あ、そうそう。私達の会話は相変わらず敬語である。

知り合ってからずっとそうだったから、今更敬語抜きで話すのは違和感を覚えてしまうんだよね。

まあ、話し方なんてこれから自然に変わっていくかなって、成り行きに任せている。

(それにその、智之さんから甘い台詞《せりふ》を敬語で囁《ささや》かれるのも……好きだし)

私は自分の思考に照れくささを感じながら、そっと智之さんの傍に寄った。

ただでさえ近かった距離がさらに縮まり、私の右肩が智之さんの左腕にぽすんと触れる。

いちゃいちゃできますよ、なんて言ったけど、本当は私の方こそ彼といちゃいちゃしたいのだ。

智之さんと付き合うようになってから知ったんだけど、私って意外と構われたがりだったみたいです。

人前で……というのには抵抗があるけれど、二人っきりの時はもっと智之さんに構われたいなって思うし、構いたい。要するにいちゃいちゃしたい。

そんな気持ちが伝わったのか、彼は布巾と食器を置くと、私の肩を引き寄せてちゅっとキスをしてくれた。

唇と唇が触れるだけの、ちょっぴりくすぐったいキス。

「……ふふっ」

彼が顔を離した瞬間、嬉しさと照れくささが溢れてきて、つい笑い声を上げた。

「楓さん?」

「いえ、嬉しいなあって。私、智之さんとその、キ、キスするの好きです」

自分で言っておいて照れてしまう。

だけど、これが私の正直な気持ちだった。

智之さんとのキスはあったかくて、ドキドキして、でも心地良い。

もっとしたいなって気持ちに従い、今度は私から彼の唇に口付けた。

「んっ……」

すると、彼の舌がするりと私の口内に忍び込んでくる。

気付けば彼に抱き締められ、より深く、唇を貪《むさぼ》られていた。

「あっ……」

濡《ぬ》れて洗剤の泡がついた手で彼に抱きつくわけにはいかず、私は両手を持て余したまま口付けを受ける。

「あっ……んっ、ちゅ……っ、ふぁ……」

彼は角度を変えて、何度も何度も私の口内を犯していく。

（ま、まずい。これはただいちゃいちゃするだけでは収まらないのでは……？）

「はっ……、はぁ……っ」

ようやくキスの嵐から解放された私は、乱れた呼吸を整えるように少し荒い息を吐きながら、智之さんの顔を見上げた。

眼鏡の奥の双眸《そうぼう》に、色情の炎が点《とも》っている。

確かな熱を持った視線を向けられ、私は先程の予感は当たっているのだと知った。

「……あなたが悪いんですよ、楓さん。あんな……可愛いことを言うから……」

どこか切羽《せっぱ》詰まった顔で、彼は低く囁《ささや》いた。

その声に、言葉に、私は身体の芯がキュンと疼《うず》くのを感じる。

彼はビーフシチューの鍋をかけていたガスコンロを消すと、私と向かい合い、再びキスをした。

「あっ……」

私は流し台を背に追い込まれる体勢で、彼の口付けを受ける。

キスをしながら、彼はエプロンの上から私の身体を弄《いじ》り始めた。

ま、まさかここで致しちゃうの？

「っ……」

さわさわと服の上から触れられて、私はくすぐったさに身を捩《よじ》る。

気付けば、智之さんの手は私の首の後ろに回り、エプロンの紐をはらりと解いてしまう。

そして胸当ての部分が前に落ちてすぐ、露《あら》わになった薄ピンク色のニットの裾をたくし上げられ、下着に包まれた胸元が智之さんの前に完全に晒《さら》される。

「ひゃあっ……」

そのままブラもずり上げられるかと思いきや、彼はそれ以上服や下着を脱がすことなく、露出した胸元に唇を落とした。

舌先で肌をなぞり、時折ちゅうっときつく吸い付いて痕《あと》を残していく。

このころになると、私はもう手が濡《ぬ》れているとか泡がついているとかを気にする余裕もなくなっていた。彼の背中に両手を回して縋《すが》りつき、与えられる快楽を甘受するので精一杯だ。

中途半端に乱された着衣、キッチンでエッチなことをするという初めてのシチュエーションが無性に恥ずかしくて、泣きそうになる。

けれど、恥ずかしいと思いながらも私は智之さんを拒《こば》めなかった。

本気で嫌だと拒否すれば、彼は潔《いさぎよ》く諦めてくれるだろう。なのにそうしようと思わないあたり、私もこの場で彼に犯されたいと、はしたない願望を抱いてしまっているのかもしれない。

「んあっ……っ」

それまで露出した胸の上部を唇と舌で弄《もてあそ》んでいた智之さんが、今度は指先で下着の上から胸の頂《いただき》をカリカリと引っ掻き始める。

指先で優しく掻かれる度《たび》、ジンとした痺《しび》れが私の身体を襲う。

けれど厚い布地の上から掻かれるのは酷くもどかしくて、私は早く直《じか》に触れてほしいと、そんなことばかり考えてしまう。

「やっ、ちゃんと触ってぇ……」

智之さんの焦《じ》らしに耐えきれず、私は自分の下着に手をかけ、ずり上げた。

ふるんと胸が揺れ、智之さんの眼前に晒《さら》される。

彼は、どことなく嗜虐心《しぎゃくしん》を感じさせる眼差しで私を見ている。その視線はまるで「はしたない人ですね」と甘く咎《とが》めているようにも見えて、私の身体はますます疼《うず》いてしまう。

「……っ、ん……！」

そんな私の胸元に、智之さんは顔を埋《うず》めた。

彼は唇で頂《いただき》をぱくりと咥《くわ》え、口の中でころころと飴玉みたいに転がす。

「あっ、やっ、ああっ……」

両胸の頂《いただき》を交互に熱い舌でねっとりと舐め上げながら、彼の両手は私の腰から足を何度も撫《な》で擦った。

そうしてさんざんに胸を貪《むさぼ》られたころ、彼の手がようやくスカートのサイドホックに伸びる。ホックを外され、ジッパーを下げられれば、ひざ丈の白いスカートが床の上に落ちてしまう。エプロンだけは、後ろの紐が結ばれたままなので腰に留まっていた。

智之さんは胸元から顔を離し、私の首筋にキスを落としつつエプロンを捲《めく》り、下着だけになった足の付け根を撫《な》でていく。

「や……らしぃ……」

智之さんの手付きがすごくいやらしくて、私はついそう呟《つぶや》いていた。

すると、それを肯定するみたいに、彼の手がゆっくりと下着に隠された秘所に近付いていく。

ついにそこに辿り着いた智之さんの指が、秘裂をなぞるようにつつ……と布越しに撫《な》で、擦る。

「んあっ……」

これまでのキスと愛撫《あいぶ》で、私の秘所はじんわりと濡《ぬ》れ始めていた。

直接ソコに刺激を与えられ、ますます蜜が溢れてきてしまう。

「ん、やっ……あっ……」

智之さんのターゲットはすっかり下に移り、彼は時折思い出したように胸にキスを落としながら、秘所を撫《な》でる指を徐々に速めていった。

蜜が溢れてきたせいで、擦られる度《たび》にくちくちっと卑猥《ひわい》な音が響いてしまう。

「……もう、トロトロですね……」

智之さんが、興奮を滲《にじ》ませた声で嬉しそうに告げる。

自分の痴態《ちたい》を言葉にされるのが無性に恥ずかしくて、私はただでさえ上がっていた熱がいっそう高まるのを感じた。

「んんっ……」

しっとりと濡《ぬ》れた下着越しに、彼の指がぐにゅっと沈み込んでくる。このまま布ごと押し入られるのではないかとさえ思ってしまう。

「ああっ……」

けれど智之さんはそうせず、指を下着の横合いから滑り込ませ、直接ソコに触れた。

彼の骨張った長い指が、私の秘所に直《じか》に触れている。トロトロと蜜で蕩《とろ》けた襞《ひだ》を撫《な》で、ぷくりと存在を主張する花芯を指の腹で擦る。

「あっ、やあっ……」

私は堪《たま》らず彼の胸にしがみついた。

気持ち良くて、感じすぎて、もう頭がどうにかなってしまいそうだ。

近付いてくる絶頂の気配を感じ取ったのか、彼はいっそう執拗《しつよう》に、激しく蜜壷に指を差し入れ、花芯を刺激する。

私が腰を浮かせたことで、お尻にシンクの冷たい縁《ふち》がぶつかる。

けれど、今はそんなことに構っている余裕なんてない。

「やっ、あっ、だめっ……イ、イッちゃう……っ」

「いいですよ。思う存分イッて下さい」

「あっ、あああぁっ……！」

まるで智之さんの言葉が合図かのように、私は身体を貫《つらぬ》く快感に身を震わせ、絶頂を迎えた。

果てたばかりでまだ頭がぼんやりしている私の唇に、智之さんがよくできましたとばかりにちゅっとキスを落とす。

それから彼は私の身体を反転させると、シンクに両手をつかせ、腰を引き寄せた。

「……？」

後ろの方から、かちゃかちゃとベルトを外す音が聞こえる。

ちらりと振り返ると、智之さんはジーンズの前をくつろげ、硬くそそり立つソレにポケットから取り出した避妊具を被せ始めた。

「っ！」

肉棒にスルスルとゴムが被せられていく様《さま》は、何度見てもエロい。

しかも、それをやっているのが生真面目でストイックそうな眼鏡の青年だというのが妙なギャップを生んで、私はいつもドキドキしてしまうのだ。

身体を重ねるようになってわかったことだが、智之さんは一見そうは見えないのに、けっこうガツガツしている。

さらに、彼は子どものころからずっと剣道をたしなんでいるそうで、体力もある。

口に出しては言えないけれど、私はそんな彼に激しく求められるのが好きだ。

二ヶ月前までは処女だったのに、すっかり智之さんに染められてしまった。

やがて、避妊具をつけ終わった智之さんの手でパンツを脱がされる。私はニットとブラが捲《めく》り上げられて胸がぽろんと露出し、下はエプロンが腰についているだけというなんともエロい姿で彼にお尻を向けさせられた。

「んっ……」

そして秘所に彼の硬いものが宛《あて》がわれたかと思うと、腰を両手で掴まれ一息に貫《つらぬ》かれる。

「んあっ……！」

相変わらずの圧迫感に、思わず息を呑んだ。

初体験の時みたいな痛みはないけど、この瞬間の苦しさだけは変わらない。

しかしそれも、すぐに智之さんの手で快楽に塗り変えられていく。

「あっ、ああっ……」

ゆっくりと腰を動かし始めた智之さんに後ろから攻め立てられ、私は嬌声《きょうせい》を上げた。

鼻にかかったような、泣き声にも似た甘い声を発するのは恥ずかしいけれど、自然に出てしまう。

それに、堪えるより声を出した方が楽だし、その……より気持ちが高ぶってよくなれると気付いてからは、ますます止められなかった。

「あ……んっ、智之さ……っ、あっ……」

腰を打ちつけられる度《たび》、ぐちゅっ、くちゅっと卑猥《ひわい》な水音が響く。

「ひっ……ん、あっ……いいっ……、また……イッちゃう……っ」

だんだんとピストンが激しくなり、私はガツガツと激しく貪《むさぼ》られる行為に身も心も高ぶっていった。

「あああっ……！」

そして再び絶頂の気配が近付いてきたかと思うと、びくんっと背筋を反らし、果ててしまう。

「くっ……」

その時にきゅうっと智之さんを締めつけたようで、彼は苦しげに息を吐いたかと思うと、いったん動きを止めた。

けれど、すぐにまたゆるゆると腰を打ちつけ始める。

「やあっ……だめっ、イッたばっかり、なのにぃ……っ」

果てたばかりの蜜壷を攻め上げられて、私は頭が痺《しび》れるような快感を覚えた。

このままでは、また呆気なく果ててしまいそうだ。

その予感は当たって、智之さんが「楓さん……っ」と私の名を呼びながら果てた瞬間、私も三度目の絶頂を迎えてしまったのだった。

「はあ、はあ……っ」

私のナカから智之さんが出ていったあと、私はへなへなと力なく床に座り込んで荒い息を吐いた。

まさかのキッチンで着衣セックス。しかも私は三回もイかされてしまった。

（な、なんてことを……）

だんだんと理性が戻ってくるに従って、自分達のやった行為が無性に恥ずかしく思えて、居《い》た堪《たま》れなくなる。

とりあえず、ここを片付けて夕飯にしなくちゃ。ああ、その前に自分の恰好をなんとかしなくちゃだよね。汗をかいちゃったし、できればシャワーも浴びたいかな。

そんなことを考えながらもそもそと自分の服を直し、床に落ちているパンツに手を伸ばすと、その手をぱしっと掴まれる。

「え……？」

「すみません、楓さん。俺、まだ足りなくて……」

「えっ」

声を上げた瞬間、私は智之さんによって抱き上げられていた。いわゆるお姫様だっこというやつだ。少女漫画でよくあるシーンだと一瞬ときめくも、今の自分が下着を穿いておらず、お尻丸出しだということを思い出してちょっと、いや、かなりがっかりした。

って、そんなことを考えている場合じゃない！

私を横抱きにした智之さんは、そのままつかつかと寝室の方へ歩いていく。

そして私をベッドの上に降ろして、私の身体からニットとブラジャー、エプロンを取り払った。

つ、つまりここで続きをするってことだよね。

確かに智之さんはまだ一回しかイッていない。

だけど私はもう三回もイッておりまして、けっこう疲れを感じておりまして、あと何よりお腹が空《す》いておりまして……

しかし、そんな私の前で、智之さんは性急に自分の服を脱いでいく。

やる気だ。やる気満々だ、この人。

「楓さん……っ」

生まれたままの姿になった智之さんは、切なげに私の名を呼びながら覆《おお》い被さってきた。

こんな風に求められると、ついキュンっとしてしまう。けれど、私は一応の抵抗を試《こころ》みた。

「あ、あの、あとにしませんか？　まずは夕飯を食べてから……」

「無理です、待てません」

その言葉通り、智之さんのソレは硬さを保ったままだ。

この状態で待てというのは、確かに酷かもしれない。

「……わ、わかりました……。でもあの、さっきも言いましたが明日は仕事なので、……加減、して下さいね……？」

「善処します」

（善処って……）

その言葉と自分の体力にちょっとした不安を感じたものの、結局、私は智之さんとの行為を受け入れることにした。

それを示すように、私は彼の首に両腕を回し、抱き寄せて唇を合わせる。

「んっ、ふっ……んっ……」

そしてキスをしながら、彼の背中を優しく撫《な》でた。

さっきは智之さんにたくさん愛してもらったから、今度は私の方がしてあげたいと思ったのだ。

彼の背を撫《な》でていた私は、次に硬くなっている智之さん自身に触れる。

触れられると思っていなかったのか、あるいは感じてくれたのか、彼はびくっと身体を震わせた。

「はぁ……っ」

（うわぁ……）

もう何度も身体を重ねているのに、ソレに触れるのはいつも緊張してしまう。

まだゴムを被せていない彼自身は先程吐いた精でぬるっとしている。それがとてもいやらしく思えて、身体の奥がキュンッと疼《うず》いた。

「あっ……楓さん……っ」

智之さんは私の顔の横に両手を置き、身体を支えて少しだけ前進して、密着していた体勢から身体を浮かせる。そのおかげで、私も彼自身に触れやすくなった。

「智之さん、可愛い……」

私は目の前にきた智之さんの厚い胸板にちゅっとキスをして、彼自身を両手でそっと握る。そして、ゆっくりと上下に扱《しご》き始めた。

「うっ……くっ……」

智之さんはちょっと苦しそうな、何かを堪えるような吐息を零《こぼ》す。

擦られるのが気持ち良いのか、彼は、もっとしてくれとねだるみたいにゆらゆらと腰を動かし始めた。

自分の手で感じてくれているなら、嬉しい。もっと気持ち良くなってほしい。

そう思いながら、さっき彼がそうしてくれたのを真似《まね》して胸の頂《いただき》を唇で食《は》み、ねっとりと舌で舐め上げる。男の人も胸で感じるんだって、前にエッチな小説で読んだからね。

そうして彼の胸を愛撫《あいぶ》しつつ、両手で緩急をつけて肉棒を扱《しご》き上げる。

先走りと精液が混じり合い潤滑剤《じゅんかつざい》のような役割を果たして、私の手の滑りを良くしていた。

手を動かす度《たび》、くちくちと響く水音がいやらしくて、私はより興奮してしまう。

「あっ……、楓さん、もう……っ」

「ん、いいですよ。イッて下さい」

私は優しく、甘やかすみたいに彼に囁《ささや》く。

「……っ、あっ、……っ！」

ようやく限界を迎えた智之さんは、私の手とお腹に白濁を吐いて果てた。

「す、すみません……っ」

「いえいえ」

智之さんは私に精液をかけてしまったと慌てて謝るけれど、その、私としてはかけられたのもちょっと嬉しかったので、気にしないでほしい。

もちろんそんな恥ずかしいことは言えないので、私は誤魔化すように彼の唇にキスをした。

そして、二回目の精を吐いて少ししょんぼりしてしまった彼自身に再び触れる。

すると、ソレはまたむくむくと鎌首をもたげ始めた。

（……見た目はグロテスクなのに、こうして素直に反応を返されるとなんだか可愛く思えてくるんだよなあ……）

私の手で再び硬さを取り戻したソレに、智之さんがもう一度避妊具を被せる。

そして私の両足を開かせると、まだ蜜に濡《ぬ》れているソコにゆっくりと押し入ってきた。

「んっ……」

先程さんざん突かれまくったせいか、私の秘所は最初よりすんなりと智之さん自身を受け入れる。

「はぁっ……」

智之さんと一つになり、まだ興奮冷めやらぬ彼の熱い眼差しに見下ろされ、私は身体の奥がまた疼《うず》いて熱を持っていくのを感じた。

智之さんはゆっくりと焦《じ》らすみたいに腰を動かし、抜き差しを繰り返す。

上からぬーっと入り込んできたかと思うと、またぬーっと引いていく。その動きがとてもいやらしかった。

「あっ、あぅっ、あっ、ああっ……」

やがてその動きは性急さを増し、最後は上から叩きつけるような激しさを持って私の身体を攻め苛《さいな》んだ。

腰を打ちつけられる度《たび》、肌と肌が触れ合うぱちっ、ぱちっという音が響く。それから、溢れた蜜が彼自身によって捏《こ》ね繰り回されている、いやらしい水音も。

「ふああ……っ、んっ、んあ……っ」

音だけじゃない。この部屋は、お互いの精の匂いがする。

目の前で激しく揺れる身体。いやらしい水音、触れる肌の熱さ。

唇を交わした時に感じる、相手の唾液の味。

五感のすべてが智之さんを感じて、悦《よろこ》んでいる。

「智之さん……っ。とも……ああっ……」

「楓さん……っ」

そして私は激しく貫《つらぬ》かれながら、智之さんとともに絶頂を迎えたのだった。

すぐに私のナカから自身を引き抜いた彼は、息を整えたあと、私に背を向けてベッドから降り、避妊具を始末する。

それから私の傍に戻って来ると、労《いた》わるように髪を撫《な》でてくれた。

(ふう……)

三回も果てたのだから、智之さんも満足だろう。

だが、そう思った私はとてつもなく甘かった。

「楓さん……」

智之さんは私の横に寝そべると、甘えるように、甘やかすようにちゅっちゅと私の頬や首筋、胸元にキスを落としていく。

「んっ……」

（あ、あれ……？）

何度目かの絶頂を経て力が抜けた私は、抵抗する気力もなくされるがままだ。

しかも身体は疲れているのに感覚だけは研ぎ澄まされ、敏感になっている。そのせいで、智之さんのそんなささやかな愛撫《あいぶ》にさえ過剰に反応してしまう。

「やっ、もう、だめ……ですっ」

「もう少しだけ……」

「ひゃっ……だめ、だってばぁ……」

いやいやと首を振っても、智之さんは聞いてくれない。それどころか、私の頂《いただき》を唇に含んでちゅうっと吸い上げ、同時に秘所に這《は》わせた指でくりくりっと花芯を擦り始めた。

「あっ、やっ、だめっ、いったばかりだから、さわっちゃ、だめぇっ……」

「でも、楓さんここを弄《いじ》られるの大好きですよね？」

「だめっ、やっ、あっ、ああああっ……！」

イッたばかりなのに、上と下を同時に攻められてまた果ててしまう。

そしてぐったりと弛緩《しかん》する私に、智之さんは再び覆《おお》い被さったのだ。

「えっ、あっ、あ……ん！」

ちょ、いつのまにゴムを!?　と思ったけれど、たぶんさっき始末した時にまた新しいものをつけたのだろう。なんて手際の良さだ。

（もう無理だってばー！　智之さんの馬鹿！）

そう憎々しく思いながら、私はその後も彼の手でさんざん喘《あえ》がされる羽目になったのだった。


「…………」

「本当に申し訳ありませんでした」

智之さんが、ぶすくれる私の前で土下座する。

ええ、結局彼が満足するまで五回も！　致してしまいましたよ。あ、これはもちろん智之さんの方のカウントです。私の方は……途中から数えるのを放棄しました。

智之さん、実はけっこう絶倫な人……なんだよね。一回スイッチが入ると、もう止まらないの。

見た目は草食系なのに！　性欲薄そうな顔してるのに!!

普段は理性で抑えてくれているんだけど、たまに、今回のように箍《たが》が外れて暴走してしまうことがある。

そりゃあ智之さんは、今も剣道の道場に通っていて身体を鍛《きた》えているから体力もある。けれど、私の方は人並みの体力しか持ち合わせていないんですよ！

なのに容赦なく貪《むさぼ》られたせいで腰は痛くて歩けないし、夕飯の予定時間をだいぶすぎてしまってお腹空《す》きすぎて気持ち悪いしで、さんざんです。

確かに、「たくさんいちゃいちゃできますよ？」なんて言って煽《あお》ったのは私かもしれない。だけど、私の言ういちゃいちゃはもっと微笑ましい触れ合いのことであって、体力の限界までセックスすることじゃない！

そんな私の怒りがわかっているのか、智之さんはさっきから平身低頭謝りっぱなしだ。

まあ、汗びっしょりで気持ち悪いと訴えた私の身体を丁寧に拭《ふ》いたり、水を飲ませたり着替えを手伝ったりと甲斐甲斐《かいがい》しくお世話してくれたから、その怒りも少しは和《やわ》らぎましたけれども。

しかも、いったん私の身体をソファに運んで乱れたベッドを整え、さらには脱ぎ捨てた私の服と下着も回収して洗濯機を回してくれたしね。ちなみに替えの服と下着は置いてあるので問題ない。

ただ、ここであっさり許してしまうとたぶん今後に影響するだろうから、もうちょっと怒っておこうと思う。

「……お腹空《す》いた」

私が不機嫌な顔でそう言うと、智之さんは「すぐに用意します」と寝室から出ていった。

しばらくして戻ってきた彼は、歩くのもままならない私を抱き上げ、ダイニングテーブルの椅子まで運んでくれた。

（おおお……）

やっとありつけた夕飯、念願の和風ビーフシチューだ。

激しい運動をしたせいでよけいにお腹が空《す》いていた私は、小声で「いただきます」と言うと、すぐさまスプーンを手にとった。

「んん……っ」

ビーフシチューに大根というのは一見不思議な取り合わせだけど、これが意外に合う……！

圧力鍋で煮たお肉は、スプーンでほろりと切り分けられる柔らかさだ。

(美味《おい》しい……っ)

私は夢中になって夕飯をかき込む。メインのビーフシチューはもちろん、白ゴマを軽く散らしたご飯もシチューに合って箸《はし》が進んだし、副菜のプチトマトとキュウリの甘酢漬け、ナスの揚げ浸《びた》しも美味《おい》しかった。しば漬けも箸《はし》休めにちょうど良い。

お互いに無言のまま食事は進み、シチューをおかわりしてお腹いっぱいになった私はふーっと幸せな息を吐いた。

すると、タイミング良く智之さんが熱い緑茶の入った湯呑を出してくれる。

至れり尽くせりである。

「本当に、申し訳ありませんでした」

彼は、もう何度目かわからない謝罪の言葉を口にした。

私は無言のまま、向かいの席に座って申し訳無さそうにしょげかえっている智之さんをじっと見つめる。

なんだか、飼い主に叱られて尻尾を丸めているワンコみたいだ。

ものすごく反省してくれている様子だし、事後のフォローもしっかりしてくれたし、そろそろ許してもいいかな。

それに、抱き潰されるのは困るけど、彼に激しく求められるのは嫌じゃない……というか、嬉しいなって思う自分もいるのだ。

お腹も満たされて、気持ちも落ち着いたしね。

だけど、あっさり許してしまうのもつまらない。

私はしばし思案したあと、熱い緑茶をずずっと啜《すす》ってから口を開いた。

「智之さん」

わざと険のある声で名を呼ぶと、智之さんは私がまだ怒っているのだと思ったのだろう、殊勝な顔で「はい」と頷く。

「今夜も泊めて下さいね。こんな状態で家まで帰るのはちょっと辛いので」

私はまだ機嫌を直していない風を装《よそお》って、少しつっけんどんに告げる。

手間だけれど、明日早く起きていったん家に帰ってから出勤することにした。

正直、歩くのも辛いのだ。かといって、彼に送られてタクシーで帰るのも面倒くさい。智之さんのことだから、タクシーまでお姫様だっこで運びかねないし。タクシーを降りたあとも、私のベッドまで運ぼうとしかねない。

「はい。もちろんです。あの、本当にすみませんでした」

「まったくですよ。それから、明日の朝はおにぎりと豚汁が食べたいです。おにぎりの具は鮭《さけ》と焼きたらこ。海苔はパリパリじゃないと嫌なので、直前に巻いて下さいね。豚汁はもちろん具沢山で。あと、お弁当も作って下さい。ダシ巻き卵と、肉団子を必ず入れて下さいね。野菜のおかずはお任せします。できれば、彩《いろど》り豊かなお弁当がいいですね」

「…………」

ツンと澄ました顔で長々と明日の朝食とお弁当のリクエストをし始めた私を、智之さんは戸惑ったような顔で見ている。

それがおかしくて、私はクスッと笑ってしまった。

「これで、今回は許してあげます」

笑いながら告げた言葉でようやく意図を察したのか、智之さんは驚いた顔を見せたあと、同じくふっと微笑んで頷いた。

「腕によりをかけて作ります」

「……我儘《わがまま》を言ってごめんなさい」

自分で言っておいてなんだけど、ちょっと図々《ずうずう》しかったかなあ。そう思っていた私に、智之さんは慌てて首を横に振った。

「いえ！　悪いのは俺ですし、それに、楓さんにリクエストしてもらえるのは嬉しいです」

「それならよかった」

明日の朝食、それからお弁当が楽しみだ。

お弁当は社長に自慢してやろうっと。あっ、おかずを強奪されないように気をつけなくちゃ。前に智之さんがお弁当を作ってくれた時は、最後のダシ巻き卵を奪《うば》われたからなあ。

「私、智之さんの料理大好きです」

「楓さん……」

智之さんの視線が「料理だけですか？」と訴えてくるので、私は笑いながら答える。

「あはは。もちろん、智之さん自身のことも好きですよ」

すると彼は困ったように苦笑してから、「俺は楓さんが一番好きです」と言ってくれた。

（うへへ）

自分で言い出しておいてなんだけど、面と向かって好きって言ったり言われたりするのは無性に照れる。

そして、照れるけど……すごく嬉しくて、もっともっと言いたくなる。言ってほしくなる。

（智之さん、大好き……）

それから私達は、二人で並んで食器を洗って、片付けが終わったらソファに座ってぴったりと寄り添い、一緒にテレビを見た。念願のまったりいちゃいちゃタイムである。

智之さんとセックスをするのは嫌いじゃない。というかむしろ、好きな方だと思う。

だけどそういうのを抜きにして、こんな風に触れ合っていられる時間も大好きだ。

時々悪戯《いたずら》するみたいにキスをしかけて、それに応えてくれる智之さんの顔を間近に見つつ啄《つい》ばむように口付ける。

笑って寄り添って、彼の手に頭を撫《な》でられるのが大好き。

ただ手を繋いだり、肩を抱かれたり、くっついていられるのが嬉しくて堪《たま》らない。

それから順番にお風呂を済ませたあと、同じベッドに入って、抱き合いながら一緒に眠る。

智之さんの腕の中は、私が一番ドキドキして、なのに一番安心して眠れる場所だ。

（結婚したら、ずっとこんな風にしていられるのかな……）

プロポーズされた時には「早すぎるよ」と思っていた遠い未来が、このごろはちょっぴり近いものに感じられてきた。

まだ恋人同士の時間を楽しんでいたいって考えていたけど、智之さんとなら、結婚してからも変わらず……、ううん、もっと甘い時間を過ごしていけるんじゃないかって思うようになったのだ。

こんな風に一緒に寝て、一緒に起きて、朝食を食べて一緒に家を出るのが日常になる日も、そう遠くないのかもしれない。

そう思いながら、私は智之さんの腕の中でそっと目を閉じた。

番外編　自慢の恋人

金曜日の夕方、定時で仕事を終えた俺、荻原智之はいそいそと帰り支度《じたく》をしていた。

今日はこれから楓さんと待ち合わせて買い物をし、一緒に俺の部屋へ帰る約束をしているのだ。

いつもは彼女が残業で帰りが遅くなることが多いので、週末に泊まりに来る時には俺が先に部屋に帰り、二人分の夕食を用意して楓さんの訪れを待つことが多い。

でも今日は珍しく楓さんも定時で帰れるというので、こうして待ち合わせをすることになったのだ。

特別どこかへ出かけるわけじゃない。ただ待ち合わせをして、夕飯の買い物をして部屋に帰るだけ。だというのに、たったそれだけのことが俺は嬉しくて堪《たま》らなかった。

「妙に嬉しそうだなあ、荻原。もしかして、これから彼女さんとデートか？」

自分のデスクで帰り支度《じたく》をしていたら、隣の席の同僚――川上《かわかみ》が小声で尋ねてきた。

彼は楓さんとも面識がある。俺が彼女と結ばれたあの日、楓さんとバーで言い争いをしてしまった時に一緒にいたのが川上だからだ。

あの日は、楓さんに避《さ》けられていることで沈んでいた俺を見かねて、川上が飲みに誘ってくれた。

元々あの店を知っていたのも川上だ。彼に教えてもらっていなければ楓さんと出会うこともなかったのだろうと思うと、俺が彼女と恋人になれたのも川上のおかげかもしれない。

川上は、置き去りにされた者同士一緒に飲んで以来、楓さんの会社の社長である神崎さんと飲み友達になったそうだ。それで、よく彼女の会社のことや社内での楓さんの様子を聞いては、俺に教えてくれるようになった。

「まあ、な」

俺は少し気恥ずかしく思いながら頷く。

楓さんと会えるのが嬉しくて堪《たま》らない、そんな感情が顔に出ていて、しかもそれを他人に悟られたのが恥ずかしかったのだ。

「ええっ！　荻原さん、彼女いるんですか⁉」

すると、俺達の会話が聞こえていたらしい近くの席の女性職員が大声を上げた。

そんなに驚かれるようなことだろうか……

あと、あまり大声で言わないでほしい。

「彼女さん、どんな人なんですか？　気になる～」

「去年の秋ごろから急に雰囲気変わったのって、そのせい？」

「あらやだ！　私も実はそうじゃないかと思ってたのよ～」

案の定、この手の話に目がない女性達がこちらに集まってきたではないか。

「いつから付き合ってるの？　相手は年上？　年下？」

「結婚の予定はあるの？　あるならちゃんとお式には招待してよ〜？」

「あの荻原君がねえ。浮いた話がないから、心配してたのよ〜」

そう言われるのも無理はない。みなみさんと付き合っていた時は、職場の人達にバレないようにしていたからな。

元々は彼女が二股を隠すためにしていたことだったが、今思うと周りに知られずに済んで良かった。

「そうそう！　今度お見合い相手でも紹介しようか〜なんてね」

「やだもう！　必要なくなっちゃったわね」

「アハハハハ！」

いつも噂《うわさ》話に花を咲かせているオバサマ三人組が、ぐいぐいと絡んでくる。

しかも、そんなことを考えていたのか。余計なお世話なんだが……

「ねえねえ、どんな人なんですか？　彼女さんって」

「私も聞きたいです〜」

それから最初に大声を上げた若手の女性職員と、彼女と仲が良い後輩の女性職員までこちらにやってきて話に加わった。その上、他の席に残っていた職員まで興味津々《きょうみしんしん》でこちらに視線を向けているではないか。

「いや、あの」

女性陣の勢いにたじろいでいると、川上が小声で「すまん」と謝ってきた。

彼女達が他人の恋愛話で盛り上がっている姿はこれまで何度も見てきたが、まさか自分が標的になるとは……

というか、何故他人の話でこれだけ盛り上がれるのだろうか。俺にはさっぱりわからない。

だが最低限は答えないと解放してくれそうになかったので、俺は渋々口を開いた。

「……付き合い始めたのは、二月からで、歳は彼女の方が一つ上です。結婚の予定はまだありません」

とりあえず聞かれたことに答えると、彼女達は「まあ！」「年上！」と色めきたつ。

「どんな人か見てみたーい！ ねえ、写真とかないんですか？」

「私も見たい！」

「…………」

彼女達は俺をぐるりと取り囲み、放してくれる気配がない。

困って川上に目配せすると、彼は「諦めろ」と小声で言った。

俺は仕方なく、スマホを取り出して写真のフォルダーを開いた。そこには今月の初め、ゴールデンウィークに旅行に行った時の写真が入っている。その中から楓さんが一人で写っているものを開き、彼女達に見せた。

「まあ！」

「うそ！」

「美人！」

女性陣は驚きに目を見開く。

確かに楓さんは美人だ。本人は自分の顔立ちを苦手に思っているようだが、意志の強そうな瞳は人を惹きつけるし、雰囲気にも華がある。

「あっ」

そう思っていたら俺のスマホは彼女達に取り上げられ、興味津々《きょうみしんしん》でこちらを窺《うかが》っていた他の職員達にまで回覧されてしまった。

「わー。いかにも仕事ができる！　って感じのカッコイイ美人さんですね～」

「うわ、これは羨《うらや》ましいぞ荻原～」

そう羨《うらや》んでくるのは同年代の男性職員だ。

自慢の恋人を褒《ほ》められて悪い気はしないが、他の男に見せるのは面白くない。

「え～、でもぉ～、荻原さんとはちょっと似合わないっていうかぁ～」

すると突然、聞き覚えのある甘ったるい声が響く。

いつの間にここへ来ていたのか、他部署で働いているはずの元恋人――永山《ながやま》みなみが男性職員の手にある俺のスマホを覗き込み、いかにも心配していると言わんばかりに続ける。

「確かに美人だけどぉ、遊んでそうっていうかぁ……。大丈夫ですかぁ？　荻原さん、騙《だま》されてたりしません？」

彼女の言葉に、俺はムッと顔を顰《しか》めた。

楓さんがあの時自分が酒をかけてしまった相手だと気付いているのかいないのか、その表情からは窺《うかが》えない。だが、よくもまあ、自分のしたことを棚に上げてそんなことが言えるなと呆れる。

以前楓さんにも言われたが、俺は本当に女性を見る目がなかったんだなと改めて思った。

楓さんはみなみさんとは違う。

確かに、俺も最初に会った時は見た目の印象から、楓さんは遊び慣れている大人の女性だと思っていた。だからこそ、恋愛指南を頼んだのだ。

だけど、実際の彼女は初心《うぶ》で恥ずかしがり屋。それなのに酒の席での約束を真に受けた俺のために恋愛上級者のフリまでして一生懸命恋愛指南をしてくれた、真面目で誠実な人だ。

あなたと一緒にしないで下さいという言葉が口から出かかったが、それよりも先に抗議の声を上げたのは、一番騒いでいたオバサマ達だった。

「ちょっと、失礼なんじゃない？」

「そうよ。荻原君と並ぶと美男美女でお似合いじゃない」

「ね〜」

「騒いでごめんなさいね、荻原君」

そう言って、オバサマの一人が俺のスマホを取り返して渡してくれる。

「いえ。こちらこそお騒がせしました」

そう言って他の職員達にも頭を下げてから、俺は鞄《かばん》を手に職場をあとにした。

待ち合わせ場所である俺のマンションの最寄り駅に着くと、そこにはすでに楓さんが待っていた。

「遅れてすみません！」

出がけに女性陣に捕まってしまったせいで、楓さんを待たせてしまった。

「いえいえ！　今日は珍しく仕事が早く終わったから、約束の時間より前に着いちゃったんです。それに……」

楓さんははにかんだように笑って言った。

「いつも、智之さんが先に待っていてくれてるでしょう？　でも今日は智之さんを待つことができて、なんだか新鮮でした」

「楓さん……」

彼女の笑顔と言葉に、俺の心がきゅっと締め付けられる。

こういう気持ちを、きっと「愛おしい」と言うのだろう。

それから、俺達は二人で近所のスーパーに向かった。

この店は他のスーパーに比べて、野菜と魚が新鮮で安い。ちなみに近くにもう一軒あるスーパーは肉が安くて、卵などの特売をよくやっている。なので、野菜と魚はこちら、肉と卵はあちらと、両方のスーパーをその時々に合わせて利用している。

肉は以前買ったものがまだ残っていたので、今日はこっちで野菜と魚を買って帰るつもりだった。

「智之さん、カート使います？」

「そうですね。今日は色々買っていくので、使います」

スーパーの入り口で、楓さんが楽しげにカートにカゴを乗せる。

そのいかにもワクワクしている姿が子どもみたいで、もしやスーパーが珍しいのだろうかと思った。

「……楓さん、もしかして普段、あまりスーパーを使っていないんですか？」

「うっ……！」

どうやら図星だったみたいだ。

「……その～、つい、コンビニで済ませちゃうというか……」

まあ、今はたいていのものはコンビニで買えますからね。

楓さんは身だしなみはピシッとしているのだが、これでけっこう私生活はずぼらな人だ。

俺が料理を教えるようになるまで、自炊も面倒だから滅多にしていなかったのだとか。仕事で帰りが遅くなることも多いので、買い物はコンビニで済ませてしまう方が楽なのだろう。

だがそんな生活をしていて身体を壊しはしないかと、俺は改めて心配になった。

俺の表情を見て、楓さんは慌てて言葉を付け足す。

「で、でも最近はスーパーにも行くんですよ。でも一人だとカートを使うほどお買い物しないし」

なるほど。それでカートを使うのを楽しみにしていたと。

「ふっ」

まるで子どもみたいな楓さんに、つい笑いが込み上げてくる。

（可愛いなあ……）

「わ、笑うことないじゃないですか！」

「すみません。それじゃあ、カートお願いしますね」

「はぁい」

少しむくれつつも、楓さんは楽しそうにカートを押して店内に入る。

そして俺達は、入り口に近い野菜売り場から順番に見て回った。

あらかじめ買うものは決めていたのだが、他にも良い食材やお買い得商品があったら買っていくつもりだ。

「あっ、見て智之さん。新じゃがですって」

楓さんが、じゃがいもを指差して言う。

今が旬の新じゃがは、袋に十個ほど入ったものが売られていた。

(じゃがいもはちょうど切らしていたし、買ってもいいか)

何より、楓さんが食べたそうにしているしな。

「それじゃあ一袋買っていきましょうか」

「はい！　……でも、どれがいいんでしょう？　迷っちゃう」

楓さんはじゃがいもの入った袋を手にとり、悩んでいる。

俺も袋を手にとって中のじゃがいもを見ながら言った。

「じゃがいもは、こんな風にふっくらと丸みがあって、表面が滑《なめ》らかで傷や皺《しわ》の少ないものを選ぶといいですよ」

「へえ〜。あ、これちょっとデコボコが多いですね。んー、こっちはどうですか？　先生」

料理を教えている時など、楓さんはたまに俺のことをふざけて「先生」と呼ぶ。

少し照れ臭いが、俺にも彼女に教えてあげられることがあるのだと思うと、嬉しかった。

「いいですね。それじゃあこれを買っていきましょうか」

「はいっ」

俺は楓さんが選んだじゃがいもをカゴに入れた。

そのあとも、楓さんに食材の選び方のポイントを教えながらあれこれカゴに入れていく。

買う予定はなかったものでも、楓さんが食べたそうにしているとついつい手にとってしまうので、二つあったカゴはいっぱいになった。

会計を済ませ、サッカー台でエコバッグに買ったものを詰めていく。

これまた楓さんが慣れていないので、俺は入れ方のコツを教えつつ一緒に商品を入れていった。

「おお、綺麗に納まった！」

楓さんは商品が詰まったエコバッグを見て、ぱちぱちと手を叩く。

男のくせにスーパーの特売情報をチェックしていて、エコバッグを持参。食材はなるべく安くて新鮮なものを選ぶし、袋詰めの時も順番がどうのとあれこれ細かい……なんて、これまで付き合ってきた女性達なら顔を顰《しか》めそうなことでも、楓さんは厭《いと》わず、楽しそうに付き合ってくれる。

こんな何気ない生活の、何気ない部分を屈託なく喜び、楽しんでくれる楓さんのことが、愛おしくてしょうがなかった。

「じゃあ、帰りましょうか」

「はいっ」

重い方の袋を俺が持ち、軽い方の袋を楓さんに持ってもらって、俺達はスーパーを出てマンションまでの帰路についた。

スーパーで一緒に食材を選んでいる時も浮かんだのだが、こうして並んでいると、まるで新婚夫婦みたいだなと思ってしまう。

楓さんと結婚できたら、これが日常になるのかもしれない。

だとしたらそれは、とても幸せなことのように感じられた。

「ふふっ」

すると突然、楓さんが笑い声を上げた。

どうしたのだろうと首を傾げると、彼女は嬉しそうに言う。

「今の私達、なんだか新婚さんみたいだな〜って思って。そうしたら、嬉しくて笑えてきちゃいました」

「楓さん……」

以心伝心、というやつだろうか。

楓さんが俺と同じことを考え、そして嬉しいと思ってくれたことが嬉しい。

「俺も、同じことを考えていました」

「えっ、智之さんも？」

「はい」

いつか、本当の「新婚さん」になれればと思う。

俺としては今すぐにでもそうなりたいのだが、結ばれた翌日にプロポーズして断られたからな。

それに、恋人としての時間をもっと過ごしたいという彼女の気持ちも、よくわかる。

だから、もうしばらくはこうして恋人としての時を重ねて、そしていつか……

(いつか本当の『新婚さん』として、この道を楓さんと歩きたいです)

「えへへ。私達、気が合いますね」

「そうですね」

微笑み合いながら、俺達はマンションへ帰った。


部屋に帰ると、二人で夕飯作りだ。

メニューは、今が旬のメバルの煮つけ。それから今日買ってきた新じゃがを皮ごと綺麗に洗ってから茹《ゆ》で、それを適当な大きさに切ってマスタードソースと絡めながら、フライパンでカリッと焼いたもの。煮つけが甘めの味付けなので、こっちはぴりっと辛めの味付けだ。

あとはほうれん草のおひたしに、ダシ巻き卵。豆腐とあさりの味噌汁と、炊《た》き立ての白飯も。あそれと、カブとキュウリ、ニンジンの浅漬けもあったから、それも出した。

(……うん)

彩《いろど》りも悪くないし、栄養もたっぷりだ。

ランチョンマットの上に並んだ料理の数々に、俺は一人満足感を覚える。

向かいの席に座った楓さんも、笑みを浮かべて「美味《おい》しそう！」と料理を見ている。それらの中には、彼女が一人で作ったダシ巻き卵があった。

教え始めたころは包丁を握る手もぎこちなかったが、このごろはずいぶん上達したと思う。

「焦《こ》がさずにできた！」と嬉しそうな顔で綺麗に焼けたダシ巻き卵を見せてくれた時は、あんまり可愛くてそのまま押し倒してしまいそうになったくらいだ。

「「いただきます」」

二人で手を合わせて、夕飯を食べ始める。

「ん～！　この煮つけ、すっごく身が柔らかい……！　……んっ、新じゃがも美味《おい》しい～！」

(よかった)

元々料理は好きだったが、楓さんが「美味《おい》しい、美味《おい》しい」と食べてくれるので、ますます料理をするのが好きになった。

それに、一人で食べるより楓さんと二人で食べる方がずっと楽しく、美味《おい》しく感じられる。

だからこそ、週明けに楓さんが帰ってしまうのが寂しくて、いつも引き止めてしまうのだ。

楓さんを困らせるとわかっているのに、我慢できない。

自分はもう少し忍耐強い男だと思っていたが、彼女を前にするとそれも形無しだ。

これまで、こんなにも激しく一人の人を求めたことはなかった。

心がじんわりと温まるような充足感も幸福も、心がぎゅっと締め付けられるほどの焦燥も衝動も、楓さんと出会って初めて知った。

一度知ってしまったら、もう手放せない。手放したくない。

これが恋に溺れるということなのだろうと思いながら、俺は彼女が作ってくれたダシ巻き卵を口に運んだ。

（ああ、美味《うま》いな）


楽しい時間ほどあっという間にすぎていくもので……日曜日になり、夕飯を一緒に食べたあと、楓さんは自分のマンションへと帰っていった。

そして翌日の月曜日は、休み明けということもあって職場でも憂鬱《ゆううつ》そうにしている人が多い。

俺も、いつもなら次に楓さんと会えるまで五日も待たなければならないので気が滅入《めい》るのだが、今日はちょっと違っていた。

昼休みになり、俺は休憩室にある冷蔵庫から自分の弁当箱を持ってくる。

天気の良い日は近くの公園に行って食べるのだが、今日は雨が降っているので自分のデスクで食べることにした。

弁当風呂敷の包みを解くと、曲げわっぱの弁当箱が姿を現した。この弁当箱は、昔秋田に旅行に行った時に一目惚れして買って以来、ずっと愛用している品だ。

その蓋を開いてすぐ、俺は嬉しさについ口元を緩《ゆる》めてしまう。

「ん？　おー、相変わらず美味《うま》そうな弁当だなあ」

すると、川上が俺の弁当を覗き込んで言った。

ちなみに窓口は昼も利用者が訪れるので、職員は交代で食事休憩をとることになっている。川上は今日、俺と同じく十二時からの休憩だった。

「……今日は、彼女が作ってくれたんだ」

俺は他の人に聞こえないよう小声で言った。騒がれたくないなら言わずにいればよかったのだろうが、つい誰かに自慢したくなったのだ。

「なにっ！」

驚き、そして羨《うらや》ましそうに弁当を見る川上に、得意気な顔をしてしまう。

いつもは自分で弁当を作っているのだが、今日の弁当のおかずは楓さんが昨日の夜に作ってくれたものだった。

彼女は昨日帰ってしまったので、今朝これを弁当箱に詰めたのは自分だ。それでも、楓さんが作ってくれたことに変わりはない。

楓さんの手作り弁当を食べられるなんて初めてだ。楽しみで、月曜日の憂鬱《ゆううつ》も吹っ飛んでしまった。これを食べれば、きっと午後からも頑張れるはず。

「いただきます」

楓さんが作ってくれたおかずは、新じゃがとアスパラ、ベーコンの炒《いた》め物にダシ巻き卵。それから切り込みを入れて焼いたウインナーに、プチトマトだ。ちなみにご飯は、自分で詰めた白飯に梅干しを一つ載せている。

簡単なものしか作れなくて申し訳無いと楓さんは言っていたけれど、俺は嬉しくて堪《たま》らなかった。

たぶん、楓さんが作ってくれるなら日の丸弁当でも喜ぶだろう。

それに、今日は楓さんも同じものを弁当に詰めて職場に持っていっている。離れていても同じものを食べているのだと思うと、余計に嬉しかった。

(美味《うま》い……)

ちょっと焦げているダシ巻き卵も、特別美味《うま》く感じられる。

「なあ、それひとつくれよ〜」

「嫌だ」

「ケチ！」

川上がおかずを狙ってくるが、楓さんが作ってくれたものを他の男に食わせてなるものかと、俺は弁当を死守した。

そんな俺に、川上が苦笑して言う。

「ったく。でも、本当にお前変わったよな〜。前はもっととっつきにくかったのに」

「……そうか？」

「そ。前のお前だったら、恋人が作ってくれたものでも無表情のまますっと弁当差し出して『どうぞ』で終わりだったろ。それがな〜。楓さんの手作り弁当でこんな風にな〜」

「……悪かったな」

弁当に浮かれ、おかず一つにも独占欲を発揮する自分が器《うつわ》の小さい人間みたいに思えて、ちょっと決まりが悪い。

「あははっ。でも俺、今のお前の方が人間味あって好きだし。丸くなったっていうか。たぶん、他の人達もそう思ってると思うぜ？」

「そう……なのか？」

そういえば、楓さんと出会ってから、以前より人に話しかけられることが多くなった気がする。職場の人達と会話することも増えた……ようにも思えるな。

「良い恋愛してんだなって、わかるよ。ちくしょう羨《うらや》ましい！」

(そう……か)

確かにそれは、楓さんと出会って、恋愛指南をしてもらって、そして彼女に恋をして、俺が良い方に変わったからなのだろう。

(そう、だな。うん)

「ありがとう、川上」

「つかー！　その余裕の顔がまたむかつく！　このイケメン眼鏡！　おかず一つよこせ！」

「嫌だ。というか、それは悪口なのか？」

「うるせー。お前陰でそう呼ばれてんだぞ」

「はっ？」

なんだそれ。

「総合窓口課のイケメン眼鏡ってな」

嘘だろうと思って他の職員に顔を向けると、俺達のやりとりが聞こえていたらしい彼らは、笑いを堪えるような顔でうんうんと頷いていた。まさか、本当なのか……？

「ちなみにこれ、楓さんも知ってるから」

「なっ……」

「この前神崎さんと一緒に飲んだ時、教えちゃったんだよね。そしたらあの人、面白がって楓さんにも話しちゃったんだってさ」

川上は悪びれず、イラッとくる笑みを浮かべて言った。

「楓さん、お前がモテて他の女に言い寄られてるんじゃないかって、心配してたみたいよ～」

「お前っ……」

余計なことを……！　と思わず川上の胸倉を掴み上げそうになるが、奴は俺の手をするりと避《よ》けて、飄々《ひょうひょう》とした様子で笑った。

「ちゃんとフォローしとけよ～」

（誰のせいだと思ってるんだ……！）

別にやましいことをしているわけではないのだが、楓さんが気にしているなら確かにフォローしておくべきだ。

しかし、なんと言えばいいのか。突然「俺は別にモテてないし他の女性に言い寄られてもいません」なんて言われても、楓さんだって困るだろう。

「でもさ、マジ気をつけろよ。最近あの永山が、お前とお前の彼女のこと、やたらと気にしてるみたいだからさ」

「…………」

川上はそれまでのふざけた態度から一転、声を潜《ひそ》め、真面目な顔で忠告してきた。

この男は、職場で唯一、俺が永山みなみと付き合っていたこと、そして二股をかけられていたことを知っている人間だ。

その川上が言うには、永山みなみは特に用事もないのにこのフロアに立ち寄って俺のことを見ていたり、俺の近況を聞き回ったりしているらしい。

(そういえば、最近よく姿を見るような気がする……)

「関野さんはどうしたんだ？」

関野さんは他課の職員で、永山みなみが二股をかけていた相手でもある。

てっきり、今もあの人と付き合っているんだと思っていたんだが……

「さあ？　元々、お前とのことも関野さんとのことも上手く隠してたから、噂《うわさ》にもなってなくてどうなってるのかわからん。また関野さんとお前で二股かけるつもりなのか、それともあっちを切ってお前一人に乗り換えようとしてるのか、さっぱりだ。でも、ろくでもないことは確かだな」

「違いない」

あんな女の考えていることなんて、想像するだけでも不愉快だ。

「まあ、この間あいつも楓さんの写真を見たし。お前の様子とかで、こりゃあ無理だと引き下がってくれたらいいんだけどなあ。でも念のため、気をつけておけよ」

「ああ」

俺は頷いて、十分気をつけると言った。

だが俺達の希望に反して、その後、永山みなみは何かと俺に纏《まと》わりついてくるようになったのだった。

しかし、それが始まってすぐの時、俺はその都度きっぱり断っていればそのうち諦めるだろうと楽観視していた。

これがとんでもない間違いだったと気付くのは、もう少し先の話である。

番外編

彼女の心配、彼のおねだり

もうすぐ月が替わり、六月になろうかというある平日のこと。

五月晴れ《さつきば》の空の下、私、斉藤楓は社長の営業のお供として外回りの最中だった。

今日の営業先はすべて都内だったので、移動は電車と徒歩。歩き回るのは疲れるけれど、夏に向けて体形がちょっと気になってきたところだったので、これも良い運動だと思うことにする。

夏には智之さんと海に行く約束をしているからね。

そりゃあ、これまで何度もその、彼に裸を見られているけれど、水着姿となるとまた別だ。夏までに、人前で水着姿になれる体形にしておかないと。

「そういえば、アンタの彼氏のお勤め先、この辺じゃなかった？」

午前中最後の営業先から最寄駅までの道で、社長がふと思い出したように言った。

社長の言う通り、私達がいるのは智之さんが勤めている区役所の近くである。

「ちょうど向こうも昼休みよね？　連絡して、一緒にランチ食べるってのはどう？」

「だめですよ。智之さん、いつもお弁当を用意しているので」

それに、急に連絡して呼びつけたら智之さんだって迷惑だろう。

「あら、お弁当男子なのね。素敵じゃない」

「智之さん、料理上手ですから」

私はつい自分のことのように自慢してしまう。

「はいはい、惚気《のろけ》ごちそうさま～。は～、私も彼氏に料理作ってもらいたいわあ」

「社長はいつも作ってあげる側ですもんね」

「そうなの。私、世話を焼いちゃうタイプなのよね～」

そんな話をしながら、私達は駅に向かって歩いた。駅の近くの方が飲食店も多いだろうから、昼食もとりやすいはず。

その途中、智之さんの職場の向かいにある大きな公園を通りかかる。

この公園を突っ切る道が、駅への近道になっているのだ。

そういえば智之さん、晴れた日はよくここに来てお弁当を食べてるって言ってたっけなあ。確かに、こんな天気の良い日は外で食べた方が気持ち良さそうだ。

(もしかしたら、今日もこの公園にいるかも?)

そう思うと、つい辺りを見回して智之さんの姿を探してしまう。

(なーんて、そう都合良く……あっ)

そうしたらなんと、区役所側の入り口から公園にやって来た智之さんの姿を見つけた。

思わず足が止まる。そんな私に気付いた社長も智之さんを見つけ、「あらあら、すごい偶然ねえ」と声を上げた。

（どうしよう、声をかけようかな）

智之さんはまだ、私達の姿には気付いていないようだ。

偶然にも会えたことが嬉しくて、私はソワソワしてしまう。

「とも……」

「荻原さぁ〜ん」

けれど、私が彼の傍へ行くよりも早く、甘ったるい声が公園に響く。

その声の主は、智之さんの後ろから駆け寄り、彼の腕にぎゅっとしがみついた。

「あっ！」

「あらあら」

社長と声を上げた私は、やって来た人物を見つめる。

（あれは……）

「……永山さん、どうしたんですか？」

「えへっ。荻原さんの姿を見かけてぇ、つい追いかけてきちゃいましたぁ」

小首を傾げ、上目遣いで彼を見上げるのは、智之さんの前の彼女であるみなみさんだった。

（どうして……）

職場内で二股をかけた挙句《あげく》、智之さんに別れ話をもちかけられて逆切れした女が、なんで今更彼にくっついているのか。

「何か御用でも？」

智之さんの冷たい声にも、みなみさんは動じない。

「あんっ、もうそっけないんだからぁ。荻原さん、お弁当ですよね？　みなみもなんですぅ。一緒に食べましょう？」

「いえ、けっこ——」

「いいじゃないですかぁ。ねっ、ほら、あっちのベンチ空《あ》いてますよぅ。行きましょ行きましょ」

「だから、俺は……」

「お弁当、わけあいっこしませんかあ？　みなみ、また荻原さんの手料理食べたいなあ」

そう言って、みなみさんは強引に智之さんの腕を引っ張り、向こうのベンチへ連れて行ってしまった。

「……なんというか、すごい子ね」

社長は呆れを通り越して感心したような声で言う。でも、私は何も答えられない。

「…………」

（なんで、なんで……！）

私は平静ではいられなかった。

だって、今の二人は傍《はた》から見て恋人同士にしか見えないくらい距離が近かった。

どうして掴まれた腕を振り払わないの？

どうして一緒に行ってしまうの？

別れた相手にべたべたとくっついてくるみなみさんにもイラッとしたが、結局一緒にベンチへ行ってしまった智之さんにも苛立ちを感じてしまう。

そりゃあ、みなみさんとは同じ職場だし、あまり邪険にはできないのかもしれないけれど、でも！　それにしたって！

「楓、追いかけなくていいの？」

「……っ、知りません！」

私はふいっと顔を背け、駅の方へ歩き始める。

追いかけて、一緒にお弁当を食べる二人の姿なんて見たくない。みなみさんにべたべたされて、拒《こば》まずにいる智之さんの姿なんて、絶対に見たくない！

(智之さんの馬鹿！)

イライラする心を持て余したまま、私は社長と一緒に駅の近くにある定食屋さんに入った。

そこでカツ丼セットを注文する。なんだか無性にガッツリ食べたい気分だった。

「いただきます！」

気合を入れるように両手をパン！　と合わせて、思っていたより多かったカツ丼をガツガツとかき込む。

そんな私に、社長は呆れ顔だ。

「やけ食いはやめなさい」

「ち、違います！　ただお腹が減ってるだけです！」

あー、カツ丼美味《おい》しいなあ！

（……今ごろ、智之さんはみなみさんとお弁当を食べているのかな……）

みなみさん、「また食べたい」って言ってた。

そうだよね。彼女も智之さんと付き合ってたんだもん。その時に、智之さんの手料理を食べたことがあるんだろう。

それで、今もおかずをわけあいっこして、智之さんも彼女の料理を口にしているのかな。

何それ楽しそう……

（ううう）

想像しただけで、胸がぎゅうっと締め付けられたようになる。

（……あんな別れ方をしたのに、また言い寄って来るなんて。みなみさんめ！　……でもわかる。智之さん、恰好良いもん。イメチェンして以来、職場でもイケメン眼鏡って呼ばれてるみたいだし）

彼がそう呼ばれていることは、社長経由で智之さんの同僚である川上さんから聞いている。

そういえば先週だったか、智之さんがそのことで「今日川上に聞くまでそんな風に呼ばれていることを知らなかった。俺は女性にモテたりしていないので心配はいりません」という謎のフォローを入れてきたけど、あれは智之さんに自覚がないだけだと思う。

智之さんは、恰好良い。

以前は人を寄せ付けない雰囲気があったけど、最近は角がとれて話しやすくなったと評判なんだって、これも、社長経由で川上さんが教えてくれた。

そんな人が、女性にモテないわけないじゃん！

初対面の女に恋愛指南を頼むほど恋愛下手だったなんて、実際に付き合ってみないとわからないしさ！

それに、別れたみなみさんがまた言い寄ってくるくらい、今の智之さんは魅力的な人なのだ。

（……どうしよう）

私はふいに怖くなった。

もし智之さんが、やっぱりみなみさんの方が良いって思ったら……

だって、あんな別れ方をしたとはいえ、一度は付き合っていた相手だもん。情が残っている可能性だってある。性格はアレだけど、みなみさん若くて可愛いからな。

それに、もしみなみさんじゃなくても、モテモテの智之さんが、自分に言い寄って来る女の人に目を向けるようになったら？

それで、私なんかよりずっと素敵な人に出会ったら……

そうしたら私、勝ち目あるの？

大体私なんて、智之さんより年上だし、智之さんより家事はできないし、食い意地は張っているし、ずぼらだし……

（うう……）

自分で言ってて悲しくなってきた。

私、フラれるのかな……

それとも、また浮気されちゃうのかな？

（やだよう……）

智之さんに浮気されたら、私、もう二度と立ち直れない気がする。

それこそ「一生男はいらない！　恋愛無理！」ってなりそうだ。

（……どうして私って、いつもこうなのかな）

そういう巡り合わせなんだろうか。男に浮気されてフラれる星の下に生まれたとか？　なんだよそれ！　ううう、でも一度厄払いとかしてみた方が良いのかな？

つらつらマイナスなことばかり考えていたら、社長が心配そうに声をかけてきた。

「……ちょっと、アンタ本当に大丈夫？」

「っ、大丈夫、です！」

本当は泣きたい気分だったけど、私はそれを堪えるように勢いよくカツ丼をかき込んだ。


あれからも、考えれば考えるほど智之さんにフラれる未来しか見えなくなって、私は暗く沈んだ気持ちのまま彼の部屋を訪ねていた。

いつもならこの部屋に来るのはもっぱら週末で、こんな平日の夜に、しかも連絡も無しにやってくるなんて初めてだ。だからだろう、ドアを開けた智之さんは驚いた顔をしていた。

急に訪ねて来てごめんなさい。でも、居ても立ってもいられなかったのだ。

「どうしたんですか？　楓さん」

「とにかく、中へ」

俯《うつむ》いて答えない私を訝《いぶか》しがりながらも、智之さんは優しい声で私を中に促《うなが》す。

でも、その思いやりを他の女性にも向けるのかなって思ったら、堪えていた涙がぽろっと溢れてしまった。

「楓さん!?」

「うっ、うえっ」

玄関で突然泣き出した私に、智之さんは慌てて声をかけてくる。

「どうしたんですか？　どこか痛いんですか？」

「ちっ、ちがくて、うっ、あのっ、ううっ……」

「楓さん？」

「おっ、お願いだからっ、うっ、浮気するなら、ちゃんと、フ、フッてからにして下さいいいっ」

「……え？」

あれ？　よく考えたら浮気される前にフラれたら、それは浮気にはならないのか？

と、とにかく、他の女性と関係するのは私との関係を清算してからにして下さい！

「ちょっ、待って下さい。何の話ですか。浮気って？　俺が？」

「ううっ、浮気されるの、無理。わ、別れる……っ」

「別れっ……!?　待って、落ち着いて下さい！　別れるも何も、俺は浮気なんてしてませんよ？」

「……っ、こ、これからするかもしれない……っ」

だから私は、される前に別れようと……

その方が傷も浅くて済むだろうと思って……

「しませんよ！　俺には楓さんだけです！」

「嘘だぁああああ……！」

男はみんなそう言うんだあああ！　と、私は泣きじゃくった。


そして一時間後。

「も、申し訳ありませんでした……」

私は泣き腫《は》らした目で、智之さんに土下座していた。

あれから、智之さんは泣きじゃくる私を部屋に入れて根気よく話しかけ、どうして私がそういう結論に至ったのかを聞き出したのだ。

私は今日の昼に公園で智之さんとみなみさんを見かけたことを告げた。そして、女性にモテる智之さんがそのうち他の女性と浮気するんじゃないかと思って、怖くなったことを話したのだ。

すると智之さんは深くため息をつきながら、「どうしてそこで一足飛びに俺が浮気すると思うんですか」と言った。

それで、私も『んっ？』となって、自分の思考が悪い方へ悪い方へ暴走し、冷静さを欠いていたことに気付いたのだ。

「俺はそんなに信用できませんか……？」

「うっ……」

智之さんに悲しげに聞かれて、罪悪感に胸が痛む。

そうだよね、いくらみなみさんにべたべたされている姿にショックを受けたとはいえ、そこですぐに智之さんに浮気されると思い込むなんて、彼を信じていない証拠じゃないか。過去に元カレに浮気されたことがトラウマになってたって、言い訳にはならない。

「誤解を招くような姿を見せたのは、俺も悪かったです。でもあのあと、俺はみなみさんを振りきって職場に戻りましたよ」

そ、そうだったの……？

「確かに最近やけに近付いてこられますが、あの人とよりを戻すなんてことは絶対にありえません」

「ご、ごめんなさい……」

そうだよね。智之さんが、そんな不誠実なことするわけない。

どうして私は彼を信じられなかったんだろう。

智之さんは、元カレとは違う。人を傷付けることを、平気でする人じゃないのに。

むしろ、かつての元カレみたいに、恋人を疑って傷付けたのは私の方じゃないか。

（うわあああああ……！）

私はっ、なんてことを……っ！

「ごめんなさいいい……っ！」

申し訳無さすぎて、私はまた泣けてきてしまった。

あああ、きっとお化粧が涙でぐちゃぐちゃだ。

勝手に嫉妬《しっと》して誤解して暴走した挙句《あげく》、こんな酷い顔で泣き喚《わめ》く女なんて、今度こそ呆れられてしまったかもしれない。嫌われてしまったかもしれない。

「楓さん、泣かないで」

でも、智之さんはこんな私にも優しかった。

「そりゃあ、浮気を疑われたのは悲しかったですけど、それだけヤキモチを焼いてくれたってこと……ですよね？」

「うっ……。はい……」

そう、です。私はヤキモチを焼きました。それも、巨大なキャンプファイヤーくらい盛大に焼きました。お恥ずかしい……

すると、智之さんは意外なことを言った。

「嬉しいです。いつも俺ばっかり妬《や》いているような気がしていましたから」

「えっ……」

智之さんが、ヤキモチ？

きょとんとする私に、智之さんは苦笑して続ける。

「いつだって、気が気じゃないですよ。楓さんは美人ですし、職場も男ばかりでしょう？」

び、美人⁉　何言ってるんですか！　目悪いんじゃないですか！　って、そうだ智之さんは目が悪いんだった。眼鏡だもん。

そ、それに、確かにウチの職場に女性は私一人だけど、そんな雰囲気は微塵《みじん》もないですよ⁉

既婚者と彼女持ち（二次元含む）ばっかりですから！

「俺なんかよりずっと付き合いの長い神崎さんにだって、そういう関係じゃないとわかっていても、つい妬《や》いてしまいます」

そ、そうなの⁉

いやでも私、智之さんと出会うまですっかり枯れていたような女ですよ？

そんな心配なんて無用の長物です。

(でも、なんだろうこれ、う、嬉しい……かも)

そっか、恋人に妬《や》いてもらえるのって、こんな気持ちなんだ……

ああ、でも、さすがに私のヤキモチっぷりは度がすぎていたんじゃないだろうか！

「あ、ありがとう……ございます。それから、本当にごめんなさい！」

私はがばっと頭を下げた。

智之さんの言葉が嬉しかったからこそ、自分の暴走が恥ずかしく、申し訳無くて、謝らずにはいられなかったのだ。

「はい、俺もごめんなさい。というわけで、この件は終わりにしましょう」

「でも……」

ただ謝っただけじゃ、私の気が済まない。

あっ、そうだ！

「お詫びに、なんでも致します！」

「なんでも？」

「はいっ！」

料理でも掃除でも洗濯でも！

どれも智之さんの方が得意だけど、やります！

そう言い募《つの》る私に、智之さんはしばし考え込んだあと、なにかを思い付いたらしく「あっ」と声を上げた。

「本当に、なんでも？」

「はいっ」

念を押すように聞かれたので力強く頷くと、智之さんはそれはもう良い笑顔で仰《おっしゃ》った。

「それじゃあ、風呂で背中を流してもらえますか？」

「えっ」

「もちろん、裸で」

「ふぁっ!?」

「うん、それがいい。お風呂、沸かしてきますね。一緒に入りましょう」

「ちょっ、まっ」

た、確かになんでもしますとは言いましたけれども！

い、一緒にお風呂⁉　えええええええええ⁉

智之さんとはこれまで何度も身体を重ねてきたけれど、一緒にお風呂に入ったことはない。

（は、恥ずかしい……）

私は洗面所兼脱衣所で、裸のままもじもじしていた。

何度も裸を見られて、それ以上のことをしているのに今更？　と思われるかもしれないけれど、それとこれとはまた別問題なんです！

（い、一緒にお風呂。裸で、一緒に……ひえええええ！）

智之さんは浴室の中で私を待っている。でも恥ずかしくて、中に入れない。

とりあえず化粧を落とし、髪を纏《まと》め、もたもたと服を脱いだまではよかったけど、浴室の扉を開くことができずにいた。

（ううう……）

「楓さん？」

「はっ、はいっ」

扉越しに声をかけられ、私はびくっと身体を震わせる。

「どうしても無理なら、いいですよ」

「あ……」

「すぐに上がるので、俺のあとに入って下さい」

私がなかなか入ってこようとしないので、尻ごみしていることに気付いたんだろう。

お詫びとして背中を流すはずだったのに、逆に気遣われてしまった。

（い、一緒に入るのが嫌なわけじゃないの。ただ、ものすごく恥ずかしいだけで……）

でも、智之さんは一緒に入りたいって、思ってくれてるんだよね。

なのに意気地なく躊躇《ためら》っている私を責めずに、優しい言葉をかけてくれる。

そんな彼に甘えたままで、いいの？　心の底から申し訳無いと思って、お詫びになんでもするって言ったのは私の方なのに。

……ええい、ままよ！　女は度胸だ！

「お、お邪魔します！」

私はタオルで胸と股の間を隠すと、勢い良く浴室の引き戸を開けた。

すると、バスチェアに座った智之さんの広い背中が目に飛び込んでくる。

（ひょっ……！）

さらにはきゅっと引き締まったお尻まで。

（うわあああああ……！）

何度も見てきたはずなのに、浴室で見る智之さんの裸に赤面してしまう。

背中でこれなら、正面はとても直視できないんじゃないだろうか……

「お、お背中、お流ししますね……」

私はドキドキしつつも、とにかく使命を果たさなければと震える声で言った。

智之さんはすでに自分で身体を洗い始めていたので、彼から泡の付いたバススポンジを渡してもらう。

「自分で言っておいてなんですが、本当にいいんですか？」

「は、はいっ……」

私はバススポンジにバッシャバッシャとボディソープを追加して、泡でモコモコにしながら頷いた。

で、では、いきます……！

最初はそーっと、撫《な》でるみたいに背中を洗う。人の背中を洗うなんて、学生時代に女友達と一緒に銭湯に行って以来だから、加減がよくわからない。

えっと、もう少し強い方が良いのかな？　そう思って、気持ち強めに擦るように、私は智之さんの背中を洗った。

その間、智之さんは無言でされるがままだ。

注文がないということは、これで良いのだろうと思いつつ、私は隅々まで丁寧に洗う。

（………）

最初は恥ずかしくて抵抗があったけど、やり始めてみるとこれ、なんか楽しい。

大好きな人の身体を洗ってあげるって、ちょっと胸がときめくなぁ……

一緒にお風呂は恥ずかしいけど、こうして背中を洗うだけなら、これからもやってあげたい……

かも。

「……あ、お痒《かゆ》いところはありませんか？」

自分で言ってから、それは髪を洗っている時に聞く台詞《せりふ》じゃないかと思ったけど、智之さんは
「いえ、気持ち良いです」と言ってくれた。

そっか。気持ち良いんだ。なんだか嬉しい。

自分の背中って、手が届かなくてなかなか丁寧に洗えないもんね。

よし！　私がちゃんと綺麗にしてあげよう！

すっかり気を良くした私は、ゴシゴシと智之さんの背中を洗った。

「ありがとうございます。もう大丈夫ですよ」

智之さんがそう言って私の手を止めさせる。他の部分はすでに自分で洗い終えていたようで、彼は蛇口を捻ってシャワーのお湯を出すと、身体の泡を流した。

ふう。最初はどうなるかと思ったけど、やればできるもんだな。

私は妙な達成感を覚えていた。すると、シャワーで泡を流し終えた智之さんがこちらを向いて、

「今度は楓さんの番ですよ」と言う。

「えっ」

智之さんは立ち上がり、私の手を引いてバスチェアに座らせる。

てか前！　隠してないから丸見えですよ！

私はつい顔を逸《そ》らしてしまう。

そうこうしているうちに、智之さんはバススポンジにボディソープを追加している。

「いっ、いえっ、自分で！　自分でやりますからっ！」

「嫌です」

「嫌って！　あの、なら背中だけ！　背中だけ洗ってくれれば！」

「嫌です」

もおおおおお！

お詫びの内容は、私が智之さんの背中を流して、一緒にお風呂に入ることでしょう!?

私の身体を智之さんが洗うなんて、聞いてないですよ！

けれど聞く耳を持ってくれない智之さんは、胸を隠している私の腕をとってバススポンジで洗い始めてしまう。

う、腕はまだ良い。でも……

「んっ……」

む、胸とか、お腹をゆっくり撫《な》でるように洗われるのは、恥ずかしい！

それに、眼鏡をかけていない智之さんが目を細めて私の身体をまじまじと見つめてくるのも、恥ずかしくてどうにかなってしまいそうだ。

（ううっ……）

その視線と丁寧な手つきに、ぎゅっと閉じた両足の奥が熱を持つ。

「あっ……」

何を思ったのか、智之さんはバススポンジを私の太股の上に置いて、今度は自分の手に泡をつける。そして、それをこすりつけるようにやわやわと私の肌の上を撫《な》で始めた。

首筋、デコルテ、それから胸に辿り着いた彼の掌《てのひら》は、双丘をゆっくりと揉《も》みしだく。

「……っ、ん」

こ、これもう、身体洗うのにかこつけたエロ行為だよね!?

身体洗うのに、乳首をクリクリ捏《こ》ね繰り回す必要、ないよね!?

「やっ……」

智之さんの行為は、もはやただの愛撫《あいぶ》だった。

胸の頂《いただき》を弄《いじ》っていた手が、今度は両脇に差し込まれる。そのままゆっくりとラインを辿るように撫《な》でられると、くすぐったいやらなにやらで、私は身を震わせてしまう。

脇の下から腰まで滑った彼の手は、そのまま後ろにいく。私の腰を掴んでわずかに浮かせると、やわやわとお尻を揉《も》み始める。

「やあっ……」

「楓さん、可愛い……」

智之さんは熱の籠《こも》った吐息を吐き、私の頭にちゅっとキスを落とした。

そして再び私のお尻をバスチェアにつけ、今度は右足を手にとる。

「んっ……」

最初は、ちゃんとバススポンジで洗ってくれた。

だけどひとしきり洗い終えると、またスポンジを置いて自分の掌《てのひら》で撫《な》で回し始める。特に指の間は執拗《しつよう》に洗われた。

片足を上げているこの体勢も恥ずかしいけれど、足の指の間を丁寧すぎるくらい丁寧に洗われるのも恥ずかしい。

「っ……ん……っ」

恥ずかしくて、やめてほしいと思うのに、私はそれを口にできずにいた。

身体の奥の疼《うず》きが増している。彼にもっと触ってほしいと、もっと淫《みだ》らに身体を洗ってほしいと訴えているのだ。

智之さんは当然のことみたいに、左足も同じように洗った。

「……っ」

両足を洗い終えると、智之さんは私の背後に回る。

「あっ……」

絶妙な力加減で背中を擦られ、私は思わず声を上げてしまう。

だって、とても気持ち良かったのだ。

(ううう、智之さん、テクニシャン……)

背中も両足同様、スポンジで洗われたあと両手で撫《な》で上げられる。

「やぁ……っ」

背中のくすぐったい部分をさわっと撫《な》でられ、ぴくんっと身体が震えた。

「ただ洗っているだけなのに、ずいぶんと色っぽい声を出すんですね」

「い、意地悪ぅ……っ」

ただ洗っているだけなんて嘘ばっかり。明らかにそういう意味で私の身体に触れているくせに。

抗議するようにきっと睨《にら》みつけると、そんな仕草すら愛おしくて堪《たま》らないと言わんばかりの、甘い微笑を向けられた。

智之さんは、後ろから私を抱き締めてくる。

「あっ……」

ぴたりと密着した背中。これでは、智之さんの身体もまた泡まみれになってしまう。

そんなことを考えていたら、後ろから伸びてきた両手に胸を揉《も》まれた。

「はう……っ」

彼の手は強く、そして性急に私の胸を揉《も》みしだく。

耳にかかる彼の吐息から、智之さんが興奮していることがわかった。

「やあ……」

形が変わるほど双丘を揉《も》んだ手は、今度は指先でキュッと頂《いただき》を摘まみ始める。

「あっ、だめっ、あっ、ああっ……ん」

痛いほどの力で摘まれて、なのに痺《しび》れるような快感を感じてしまって、私は息も絶え絶えに喘《あえ》ぎ声を上げた。

そうやってさんざん頂《いただき》をなぶった智之さんは、左手で私の左胸を揉《も》みながら、右手でお腹に触れてきた。

「ああ……っ」

おへその周りを優しく泡で撫《な》でられ、いっそう疼《うず》きが酷くなる。

やがて、智之さんの手はとうとう、唯一洗われていなかった場所へ辿り着いた。

「ここも、丁寧に洗ってあげますからね」

「ふあっ」

そんなことを耳元で囁《ささや》かれて、ぞくぞくっと背筋が震えてしまう。

一番恥ずかしい場所を彼に洗われるなんてとんでもない。

なのに、抵抗できない。智之さんがこれから与えてくれる快楽を、この身体はもう知ってしまっているから。

智之さんは自分の手にボディソープを垂らして泡を立てる。そしてその泡でそっと、茂《しげ》みを優しく洗い始めた。

デリケートな部分だとわかっているからか、智之さんの手付きはこれまでよりもずっと慎重だった。

「うっ、んっ、や、やだぁ……」

茂《しげ》みの次は、いよいよ秘所だ。彼は指の腹で優しく撫《な》でるようにソコを洗っていく。

(ううう、恥ずかしくて死ねる……)

手や口で愛撫《あいぶ》されるのも恥ずかしいけれど、丁寧に洗われるのもすごく恥ずかしい。

それに、ぬるっとした指先で敏感な芽や襞《ひだ》に触れられて、感じずにはいられない。とろっとした蜜が、ソコから溢れてきてしまう。

「ふふっ」

恥ずかしさと快感で涙を浮かべる私とは裏腹に、智之さんは上機嫌だった。

彼はお尻のすぼまりまで洗い終えると、蛇口のお湯で自分の手の泡を流し、今度は正面から私の秘所に触れてくる。

「ああ、こんなに濡《ぬ》らして……」

言葉こそ私の痴態《ちたい》を咎《とが》めている風だったけれど、その声の響きは喜色に溢れていた。

「言わないでよぅ……」

濡《ぬ》れたくて濡《ぬ》れてるんじゃないもん。智之さんが、そうさせたくせに……

そう目で抗議する私に、智之さんはごくっと喉《のど》を鳴らした。

「本当に、可愛いなぁ」

彼は熱に浮かされたような声でそう囁《ささや》くと、指先をつぷんと私の蜜壷に沈めた。

蜜がたっぷりと溢れ出ていたソコは、あっけなく彼の指を受け入れてしまう。

「ああっ……」

じゅぷっ、じゅぷっと音を立てて、智之さんの指が抽送を繰り返す。

「ひうっ、やっ、だめっ、イッちゃう……！」

最初は一本だった指を二本に増やされ、蜜をかき混ぜるみたいに激しく攻め立てられて、果ての気配が近付いてくる。

「ああっ、あっ、んっ、あっ、イ、イクっ……ん！」

びくびくっと身体を震わせ、私は絶頂を迎えた。

「はあっ、はあっ……」

「よくできました」

荒い息を吐きながら、余韻《よいん》にぼうっとしていると、智之さんが私の唇にキスを落とす。

「あ……っん」

ちろちろと唇を舐められ、口の中に割って入ってきた舌に歯列をなぞられると、頭がジン……と痺《しび》れるような感覚を覚えた。

しばらく私の唇を貪《むさぼ》っていた智之さんは、私の両脇に手を入れて立たせ、シャワーのお湯で二人分の泡を流した。

そういえば、身体を洗ってもらったんだっけ……？

まだぼーっとする頭でそんなことを考えていたら、智之さんはおもむろに浴室の扉を開けて脱衣所に向かった。

（……あれ？　もしかして、これで終わり……？）

その、これからもっとエロいことをするのかと思っていたんだけど、違うのだろうか。

少し拍子抜けしていると、智之さんはすぐ戻ってきた。

「あ……」

脱衣所から戻ってきた智之さんの手に、避妊具が握られている。

そ、そっか。ゴムを取りに行ってたんだね。というか、脱衣所に置いてあったの？　相変わらず用意周到だなこの人。

そして、それを持ってきたということは、つまりはそういうことで……

「楓さん、壁に手をついて立ってもらえますか？」

「え、あっ、はい……」

私は言われるがまま、浴室の壁に手をついて立つ。

すると、背後でぴっと避妊具の袋を開ける音と、それをつける気配がして、ほどなく智之さんの手が私の腰を掴んだ。

「んっ……」

はしたなく蜜を垂らすソコにぴたりと宛《あて》がわれるのは、硬く怒張した彼自身。

いつからこんな風になっていたのだろう。

ずっと見ないようにしていたから、その変化に気付かなかった。

私に触れながら、智之さんも興奮してくれていたのかな。これからソレで激しく貫《つらぬ》かれるのだと思うと、ドキドキと胸が高鳴ってしまう。

「いきますよ」

「は……いっ、ん」

宣言するなり、彼は性急に私のナカに押し入ってきた。

その質量に、私の奥がキュウンと疼《うず》く。

「あ、おっき……かた……い……」

「またそういう、煽《あお》るようなことを……」

「だって……」

本当にそう思ったから。

この大きくて硬いモノで愛されることが、嬉しくて堪《たま》らないのだ。

「う、動いてぇ……っ」

「……っ」

私は懇願《こんがん》するように、はしたない言葉を口にする。

私の腰を掴む手に力が入ったかと思うと、彼はいきなり激しく腰を動かし始めた。

「はう……っん、あっ、あっ、あっ……ん」

そのまま、いわゆる立ちバックの体勢で、ガツガツと攻め立てられる。

「……っ、楓さん、楓さん……っ」

「智之さん……っ、あっ、きもち、い……っ、きもちいいのっ……！」

硬い肉棒が膣内《ちつない》を何度も擦り、奥に当たるのが堪《たま》らなく気持ち良かった。

それは智之さんも同じだったらしい。押し殺した吐息や、より激しくなる動きから、彼の高ぶりを知る。

羞恥《しゅうち》も理性もトロトロに蕩《とろ》けて、私達は獣みたいに互いを求め合った。

「あっ、ああっ、またっ、くるっ……、イッちゃ、イッちゃうの……あっ、あああっ！」

「……っ！」

頭が真っ白になって、二度目の絶頂に達する。

「はぁっ、はぁっ……」

身体から力が抜けた私を支えながら、智之さんも数度腰を打ちつけたあと、私のナカでゴムに精を吐いて果てた。


（あー……、自分の痴態《ちたい》を思い返すと死にたくなるううう……！）

現在、私は浴槽の中で恥ずかしさのあまり顔を覆《おお》っている。

あれから、智之さんはぐったりする私の秘所をお湯で清め、湯船に入れてくれた。

ちなみに智之さんも一緒に入っている。避妊具の始末をして自分も身を清めて、当たり前のように入ってきたのだ。

大人二人で入るにはちょっと狭い浴槽なので、必然、私達は密着状態。もっと正確に言うと、智之さんの膝の上に私が座って、後ろからすっぽり抱きかかえられている体勢だ。

「もう二度と智之さんと一緒にお風呂に入りません」

あんなに執拗《しつよう》に性的に身体を洗われた上、自分から求めてしまったとはいえ激しく貪《むさぼ》られ、私の体力と精神力はもうゼロに近い。というか、私が求めてしまったのだって智之さんのせいだし！

「楓さん……。そんなこと言わないで」

智之さんは、苦笑しながら私のご機嫌をとるようにちゅっちゅっとキスをしてくる。

うう、その甘い態度には正直ときめかないでもないけれど、でも、もうあんな恥ずかしいの無理！

「俺が悪かったです。恥ずかしがる楓さんも、淫《みだ》らに求めてくれる楓さんも、どっちも可愛くて止められませんでした。楓さんが嫌がることはしないので、またこうして一緒に風呂に入りたいです」

「う……」

か、可愛いって。そんな……

また私の顔が熱くなってしまう。

ま、まあ、エロいことをしないというなら……

私もその、智之さんと一緒にお風呂は、は、恥ずかしいけど、嫌じゃないし……

「楓さん？」

「た、たまに、なら。本当に、エロいのはなしですからね！　身体も、洗っていいのは背中までですからね！」

「はい。ありがとうございます、楓さん」

智之さんは嬉しそうにそう言って、私の身体をぎゅーっと抱き締める。

「ぐえっ」

ちょ、苦しい、苦しいって！　力強い！

だけど、いつになく激しい彼のスキンシップに、私は自惚《うぬぼ》れだと思いつつも彼に愛されていることを改めて実感したのだった。

たぶんまたヤキモチを焼いてしまうことがあるかもしれないけれど、今度はちゃんと、彼のことを信じられると思う。

「愛しています、楓さん」

この人は絶対に私を裏切ったりはしないって。

私はわずかに振り返って、智之さんの顔を見上げた。

眼鏡をかけていない素顔の彼が、私を優しく見つめている。

その眼差しに、囁《ささや》かれた言葉に、私の胸はどうしようもなく……満たされる。

「……わ、私も。愛してる」

智之さんが、世界で一番愛おしい。

「楓さん……」

「んっ……」

そして私達はどちらからともなくキスをして、お互いの気持ちを確かめ合ったのだった。


智之さんが元彼女のみなみさんに言い寄られているところを偶然見てしまい、嫉妬《しっと》して暴走して、彼を疑ってしまってからはや数日。

誤解は無事解けたけれど、だからといって「はいこれで終わりです」ってわけにはいかない。

だって、智之さんは現在進行形でみなみさんに付き纏《まと》われているのだから。

(なんとかしなくちゃ……)

智之さんは「そのうち諦めるでしょう」なんて言ってるけど、私は心配でならなかった。

それに、智之さんの同僚の川上さんが社長経由で流してくれた情報によると、みなみさんは職務中にも適当な用事を作って智之さんに会いに来たり、よろけたフリして抱きついたり食事に誘ってきたりと、まあ好き放題やっているらしい。当然、彼女は他の職員から顰蹙《ひんしゅく》を買っているそうなんだけど、本人はどこ吹く風。でもこれじゃあ、智之さんの職場での評判まで下がっちゃうよ。

それにね、単純に気にくわない!

智之さんは私の恋人だもん! べたべた触らないでよ! なんて、自分が幼稚なのは百も承知ですが、気持ちが収まらないのだ。

だから私、行動に移そうと思います。

私はまた智之さんの職場近くへ外回りに出ることになったので、お昼に智之さんと例の公園で待ち合わせをすることにした。

ちなみに外回りに同行していた社長は、「面白そうだから」と言って、距離を空《あ》けて他人を装《よそお》いつつ、後ろからついてきている。ぐぬぬ……他人事だと思って……

でも正直言うと、傍に味方がいてくれるのはちょっと心強かったりする。

なんせ私、これからみなみさんと全面対決! するつもりですからね!

(智之さんは、私が守る!)

フンスフンスと鼻息荒く、私は公園に入って行く。

そして待ち合わせ場所のベンチに着くと、そこに一人で座った。

社長は少し離れた別のベンチに座ってコーヒーを飲みながら、来る途中に買ったパン屋さんのサンドイッチを食べ始めている。私達の全面対決を優雅に見物する気満々だ。

そしてほどなく、区役所の方から智之さんが歩いて来た。

(……来た！)

さらに、その後ろからみなみさんが追いかけて来て、いつかの日のように甘ったるい声で智之さんを呼びつつ腕にしがみついている。

智之さん、ずっとこんな風に付き纏《まと》われているらしいんだよね。

それを知った上で、私は今回こうして待ち合わせをしたのだ。

智之さんの彼女として、みなみさんに直接物申すために。

「いい加減にしてくれませんか、永山さん」

「あんっ。私と荻原さんの仲じゃないですかあ。前みたいに、みなみって、呼んで下さぁい」

智之さんは今日もみなみさんを拒否している。私はすっくと立ち上がり、嫌がっている智之さんと、纏《まと》わりついているみなみさんの方に向かってツカツカと歩き出した。

「こんにちは、智之さん」

私は二人の前に立ち、にっこりと、仕事で培《つちか》った営業スマイルを浮かべて言った。

ちなみにこの対決に合わせて、髪はいつもより念入りにセットしてきたし、お化粧は気合を入れてきた。服だってパンプスだって、一番気に入っているちょっとお高いヤツを選んできたのだ。

これが女の戦闘服ですからね！

みなみさんは、まさか自分が狙っている男の彼女が現れるなんて思わなかったのだろう。驚きに目を見張っている。

「あ、あなたは……」

それとも、私があの時自分がお酒をかけてしまった相手だって、思い出したのかな？

「ふふっ。待ちきれなくて、早く来ちゃいました。さ、一緒にお昼ごはん食べましょう？　今日は、私がお弁当作ってきたんです。食べてくれますよね？」

私は甘えるように、智之さんの腕にぎゅっと抱きついた。

智之さんは「もちろんです」と言って、みなみさんの腕を振り解いてくれる。

そして私の意図を察したのか、極上の笑顔を私に向けてくれた。

「俺も待ち遠しかったですよ」

「やだ、もう、智之さんったら」

私はツン、と彼の頬をつついてみせた。

あれだ。もう、ただのバカップルだ。

（うあああ、恥ずかしいいいいい！）

本当は、こんな外で智之さんといちゃいちゃするのはものすごく恥ずかしいし、できればやりたくないんだけど、仕方ないのだ。

私達がラブラブで、付け入る隙なんてないんだってことを、みなみさんに見せつけなければいけないのだから！

「なっ、なによアンタ！　急に現れて、こんなところでべたべたするなんて。恥ずかしい女！」

人の彼氏にこんなところでべたべた纏《まと》わりついていたあなたに言われたくないわ。

あと、いつものぶりっこが崩れてますよ。

「ホント、服も顔も派手だし、いかにも遊んでそうって感じ。ねえ〜、こんな軽そうな女、荻原さんには似合わないですよぉ〜」

(なんだと〜！)

遊んでそうだの軽そうだの、二股かけてた女に言われたくない！

「どうせ、荻原さんのことも遊びなんでしょ〜」

「楓さんはそんな人じゃない！」

「智之さん……」

みなみさんの暴言に、智之さんは声を荒らげて庇《かば》ってくれた。

「いい加減にしろ！　これ以上楓さんを貶《おとし》めるようなことを言うな！」

「なっ、なによぅ……」

いつになく怒っている智之さんに、みなみさんはたじろいでいる様子だった。

(智之さん、ありがとうございます)

今までだって、この顔のことでさんざん嫌なことを言われてきた。

でも、私はもう傷付いたりしないし、引け目に感じたりもしない。

見た目なんて関係なく、本当の私のことを想ってくれている人がいるから。

だから私は、こんな人に何を言われたって、負けない。

私はにっこりと、余裕を見せつけるようにみなみさんに笑いかけた。

「……っ」

「私の服や顔立ちのこと、褒《ほ》めて下さってありがとう」

もちろん、これは嫌味だ。

「でも、遊んでるなんて心外だわ。私、智之さんとは真剣にお付き合いしているの」

私はじっと、みなみさんの顔を見る。

清純そうな可愛らしい見た目は、さながら恋愛物語のヒロインみたいだ。

そして彼女を追い詰めている私は、傍目《はため》には悪役のように見えているのかもしれない。どちらかというと悪役面だもんな、私。

だけど私は、たとえ周りにどう思われようと、譲《ゆず》らない。

「私は恋人がいるのに他の男性とホテルに入るなんて不誠実なことはしない。挙句《あげく》、浮気を指摘されて逆ギレして他人にお酒をかけて謝りもせず逃げるような、恥知らずな真似《まね》もしないわ」

「なんでアンタがそれ……。あっ、アンタ、あの時隣にいた女!?」

「今ごろ思い出したの。まあ、あなたのおかげで素敵な恋人に出会えたことだけは感謝します。ありがとう、みなみさん」

「なによ……っ、なんで、なんでアンタが……」

みなみさんは悔しそうにわなわなと震えながら、怒りの視線を私に向ける。

「どんなに可愛く取り繕《つくろ》ったって、浮気したり、別れた相手の迷惑も考えず付き纏《まと》ったりする女、誰だって願い下げだわ。いい加減、智之さんに纏《まと》わりつくのはやめて」

「うるさいっ！　荻原さんは、アンタなんかよりみなみの方が好きだもん！　ね、そうでしょう？荻原さんっ」

「ありえません」

智之さんは、深いため息を吐いてきっぱりと言った。

「俺は、さんざん断ってきましたよね。迷惑です、やめて下さいって」

「それは……。恥ずかしがってるだけでしょう？　荻原さん、シャイだもん」

それ、本気で言ってるの？　だとしたら本当、救いようがない。

「違います。本心から、俺はあなたのことを迷惑に思っています。これ以上付き纏《まと》うようなら、セクハラとして上に相談しますよ」

「セ、セクハラって。そんな、何言ってるの……。荻原さん、男の人じゃん……」

「あら、知らないの？　セクハラは何も、男性が女性にするものばかりじゃないのよ。その逆もあるの。あなたがやっていることは、立派なセクハラ行為だわ」

智之さんが職場に訴えれば問題になるでしょうねと付け足すと、さすがにそれは困ると思ったのか、みなみさんはびくっと震えた。

仕事中にもさんざん付き纏《まと》っていたようだから、目撃証言はいくらでも得られるしね。

「これが最後の忠告よ。もう智之さんに関わらないで」

「……っ、なによ！　こんな地味な男！　いらないもん！」

みなみさんはそう言うと、脱兎《だっと》の如《ごと》くこの場から逃げ出した。

地味だなんて失礼な！　智之さんは恰好良い人だよ！　イケメン眼鏡だよ！

だからこそ惜しくなって、しつこく付き纏《まと》っていたんでしょうに。

みなみさんの姿はあっという間に見えなくなる。

最初に会った夜を彷彿《ほうふつ》とさせる逃げっぷりに、私ははあ～っとため息を吐いた。

なんというか、相変わらず言い分を聞いているだけで色々疲れる相手だ。

でも、さすがにもう智之さんに付き纏《まと》ってくることはないだろう。

「撃退成功、ですね」

私は智之さんに向かってにっと、悪戯《いたずら》っぽく笑いかけた。

彼は苦笑して、「ご迷惑をおかけしました」と頭を下げてくる。

「ちょっ、やめて下さい智之さん」

「ですが……。俺一人で対処すべきだったのに、楓さんにも嫌な思いをさせてしまいました」

「もう、気にしないで下さい。それにその、私が……智之さんの彼女として、ガツンと物申しておきたかっただけですから」

言いたいこと言えて、スッキリしました！

そう言うと、智之さんは困ったような、でも嬉しそうな顔で微笑んでくれた。

「楓さん……」

いつの間にか、智之さんの両腕が私に伸びていて、今にもぎゅっと抱き締められてしまいそうだった。

「智之さ――」

「ハイハイそこのバカップルー。いちゃいちゃするのはけっこうだけど、場所考えなさい。あと、そろそろ食べ始めないと昼休み終わっちゃうわよ？」

「っ！」

このまま二人の顔が自然と顔が近付いていて、キスを……なんて甘い雰囲気の中、それを引き裂いたのは社長の声だった。

そういえば、社長が近くにいたんだったー！

そ、そうだよ！　ここ公園だよ！　さっきはやむにやまれずいちゃいちゃしたけど、我に返ったとたん、人目が気になってきちゃった。

幸いこの辺りはあまり人がいないけど、まったくいないわけじゃない。ちらほら見られているような気がして、恥ずかしかった。

それに、社長の言う通りそろそろ食べないとお昼休み終わっちゃう！

「ま、面白いもの見せてもらったから邪魔者はそろそろ退散してあげる。先に駅で待ってるわ」

社長はそう言って、私達に「バイバーイ」と手を振り駅の方に歩いて行ってしまった。

残された私達は気まずげに、「……お弁当、食べますか」「……はい」と頷き合って、ベンチに座る。

セカンドバッグから大きめのお弁当箱を取り出すと、智之さんが嬉しそうに相好《そうごう》を崩した。

「……楓さんのお弁当……」

「あまり期待しないで下さいね！」

そう牽制《けんせい》しつつ、私はお弁当包みを解いて蓋を開ける。

ううう、みなみさんにラブラブっぷりを見せつけるためにお弁当を作ってきたんだけど、智之さんの料理に比べると簡単なものが多いし不恰好だ。

おにぎりも、さんかくに握ろうと思ったのに上手く出来なくて結局丸くしちゃったし。

でも、智之さんはそんな私のお弁当を「美味《おい》しい、美味《おい》しい」と本当に嬉しそうに食べてくれた。

私はやっぱり、智之さんが作ってくれる料理の方が美味《おい》しいなって思うんだけど、そんな風に食べてくれるなら、私ももっと作ってみようかな。

「また今度、料理を教えて下さいね。智之さん」

「もちろんです」

さらに美味《おい》しい料理を作って、食べさせてあげたい。

智之さんが私に、そうしてくれるみたいに。

（それで、またこんな風に一緒に食べられたらいいなあ……）

その後、私がたまに仕事で智之さんの職場近くに来た時には、この公園で待ち合わせて、二人で一緒にお弁当を食べるようになった。ちなみに社長は別行動。川上さんと待ち合わせて、近隣の美味《お》《い》しいお店を開拓しているらしい。

公園で一緒にお弁当を食べる私達の姿は区役所の職員さん達にも見られていたらしく、仲の良いカップルだと噂《うわさ》されているとか。

少し気恥ずかしいけれど、その噂《うわさ》のおかげで智之さんにちょっかいをかけてくる女性が減ってくれればいいいな……なんて、そんなことを考えている自分もいた。

だって、智之さんは恰好良いんだもん。

（本人が無自覚だから、余計にね）

イケメン眼鏡なんて呼ばれている恋人を持つと、心配の種は尽きないのです。

ETERNITY Rouge
有涼汐
Seki Uryo
嘘から始まる溺愛ライフ
Mihane & Haruki
とろける
契約同棲
始めました!
従妹のフリをして、同棲することになった実羽。
相手は、大会社の傲慢社長で――
アルファポリス

大手商社で働く新人の美月《みづき》。任される仕事はまだ小さなものが多いけど、やりがいを感じて毎日、楽しく過ごしている。そんな彼女が密かに憧れているのは、イケメンで頼りがいのある、専務の輝翔《あきと》。兄の親友でもある彼は、何かと美月を気にかけてくれるのだ。だけどある日、彼からの突然の告白で二人の関係は激変して――!?

B6判　定価：640円＋税　ISBN 978-4-434-22536-9

セレブな親戚に囲まれているものの、本人は極めて庶民のまなみ。そんな彼女は、昔からの約束で、一族の誰かが大会社の子息に嫁がなくてはいけないことを知る。とはいえ、自分は候補の最下位…と安心してたのに就職先の会社には例の許婚がいて、あろうことか彼の部下になっちゃった！　おまけになぜか、ことあるごとに構われてしまい大接近!?

B6判　定価：640円＋税　ISBN 978-4-434-22330-3

Noche
ノーチェ

甘く淫らな恋物語

ノーチェブックス

エロい視線で
誘惑しないで!!

白と黒

雪兎《ゆきと》ざっく
イラスト：里雪

双子の妹と共に、巫女姫として異世界に召喚された葉菜《はな》。彼女はそこで出会った騎士のガブスティルに、恋心を抱くようになる。けれど叶わぬ片想いだと思い込み、切ない気持ちを抱えていたところ……突然、彼から甘く激しく求愛されてしまった！　鈍感な葉菜を前に、普段は不愛想な騎士が愛情余って大暴走!?

詳しくは公式サイトにてご確認ください

http://www.noche-books.com/

携帯サイトはこちらから！

なかゆんきなこ

２０１１年からネット小説を書き始める。趣味は読書と美味しいお店を開拓すること。「ひよくれんり」にて出版デビューに至る。

イラスト：蜜味

純情乙女《じゅんじょうおとめ》の溺愛《できあい》レッスン

なかゆんきなこ

2016年 12月 26日初版発行

編集－反田理美・羽藤瞳
編集長－塙綾子
発行者－梶本雄介
発行所－株式会社アルファポリス
〒150-6005東京都渋谷区恵比寿4-20-3 恵比寿ｶﾞｰﾃﾞﾝﾌﾟﾚｲｽﾀﾜｰ5F
TEL 03-6277-1601（営業） 03-6277-1602（編集）
URL http://www.alphapolis.co.jp/
発売元－株式会社星雲社
〒112-0005東京都文京区水道1-3-30
TEL 03-3868-3275
装丁イラスト－蜜味
装丁デザイン－ansyyqdesign
印刷－大日本印刷株式会社

価格はカバーに表示されてあります。
落丁乱丁の場合はアルファポリスまでご連絡ください。
送料は小社負担でお取り替えします。

ISBN978-4-434-22769-1 C0093